유감이다

어쩌면 이 책도

유감이다

어쩌면 이 책도

초판 1쇄 발행 2016년 5월 20일

지 은 이 조지수
발 행 인 정현순
발 행 처 지혜정원
출판등록 제313-2010-3호(2010. 1. 5)
주   소 서울시 광진구 천호대로109길 59 1층
전   화 02-6401-5510 / **팩스** 02-6280-7379 / **전자우편** book@jungwonbook.com
홈페이지 www.jungwonbook.com / **블로그** blog.naver.com/wgbook

디 자 인 이용희

ISBN 979-11-87163-03-9 03810
값 14,000원

세상의 모든 찌질이들에게 바치는 헛소리 모음집

유감이다

조지수 지음

어쩌면 이 책도

지혜정원

 PROLOGUE

한 견해가 모두를 만족시킬 수 없다. 아무리 중립적이고 온건한 의견을 피력한다 해도 불만을 가진 사람이 나타난다. 또한, 의견 자체에 대해 — 그것이 어떤 의견이건 — 무조건 불만을 표할 준비가 된 사람들도 있다. 유년시절에 맞고 큰 사람들이 그렇단다. 불만이나 까칠함에 그 자체로 잘못된 것은 없다. 매사에 긍정적인 사람도 문제다. 이런 사람들에게는 취향이란 것이 없다. 그러니 매사에 불만인 사람, 매사에 긍정적인 사람 모두 문제다. 선택적인 까칠함이 일관성만 가진다면 괜찮을 거 같다.

인간들이 이렇다 보니 불만 없는 의견 제시가 어렵다. 할 수 있는 일이라곤 불만족을 누그러뜨리는 정도. 상대편을 띄우고 겸양을 피우며 살며시 의견을 피력해 나간다. 삶의 기술이다. 쉽지 않은 기술이다. 내 기질은 솔직하다 못해 노골적이고 간결하다 못해 직접적이다. 효율을 중시하다 보니 이리저리 우회적으로 얘기하는 것도 싫고 상대편 눈치를 살피기도 싫다. 사람들은 불편해한다. 솔직함과 간결이 기분을 손상시킨다. 모를 노릇이다. 서로 편하지 않은가?

이 글이 기분을 손상시킬 수도 있겠다. 어찌 보면 매너가 없다. 읽는 사람 고려 않고 멋대로 써댔으니까. 삶과 세계는 우아하고 아름답다고 믿는, 혹은 그래야 한다고 믿는 분들께 미안하다. 내 견해는 다르다. 우리 마음이 지옥인데 어디에 우아함과 아름다움이 있는가? 썩은 살과 골다공증 걸린 뼈를 그럴듯한 피부로 덮어서 무슨 소용인가?

물론 삶을 사랑해야 한다. 삶을 살아볼 만한 것으로 보지 않는 한 거기에서 이룰 수 있는 것은 없다. 그러나 삶이 먼저 살아 볼 가치가 있는 것이어야 한다. 삶은 중립적이다. 만들어져 나가는 것이다. 그러니 좋은 삶은 좋은 영혼에서 시작한다. 썩은 영혼이 삶을 썩히고 말았다.

이렇게 매사 부정적이다. 그러나 내 개인적 시각일 뿐이다. 이해해주기 바란다. 삶에 지쳐 늙어가는 노인네의 짜증과 푸념 정도로 이해해 달라. 늙으니 심술만 는다. 어쩌겠는가? 나도 여러분의 동포시민이다.

한 가지 사실은 말하고 싶다. 남 못잖게 눈치 많이 보고 살았다. 아는 것을 줄여서 말했다. 상대편이 자기비하에 빠지지 않도록. 유식을 감추려 했다. 화려하지 않으려 애썼다. 반박하는 순간 상대편의 무지나 게으름이 폭로되니까. 허세와 얄팍함도 폭로되니까. 화장실 가서 토했다. 많이 참았다. 다른 사람 슬프게 하고 싶지도 않았고 나도 그나마 버림받지 않으려고 노력했다.

그럼에도 누를 끼치게 되었다. 양해를 구하겠다. 목구멍이 포도청이고 잘난 체하고 싶은 명예욕은 누구 못지않다. 지난 책으로 끝내려 했다. 돈 좀 될 줄 알았다. 대실패였고 자책했다. 다시는 책을 내지 않겠다고. 돈 되는 다른 일을 하겠다고. 결단력이 없다. 쓸모없는 짓을 또 하고 있다.

글이 돈이 되지도 않고 명예를 주지도 않는다는 사실을 경험으로 충분히 알고 있다. 배설인데 힘이 많이 드는 배설일 뿐이다. 똥 싼다고 누가 돈 주겠는가? 알면서 다시 멍청한 짓을 하고 있다. "바보들의 학교는 경험의 학교"라는 말이 있지만 그것은 적당한 바보에 대해서이다. 나같이 본격적인 바보에겐 경험조차 도움되지 않는다. 뜨거운 맛을 수없이 보고서도 되지도 않을 운을 또 시험하고 있다.

글에 매달렸던 덕분에 거지꼴을 면치 못했다. 이 분야에 소질이 없다는 것을 뒤늦게 알게 됐다. 성향이 문제다. 타고난 회의주의자이다. 냉소적인 회의주의자이다. 사람들은 이런 성향을 껄끄럽게 여긴다. 찔러대니까. 아는 소리 하는 모든 사람이 냉소의 대상이다. 인간은 단지 두 종류로 나뉜다. 무식을 아는 사람과 무식을 모르는 사람들로. 그럼 유식한 사람들은? 없다. 어디에 유식이 있는가?

무식에 무지한 사람들이 문제다. 인간은 선험적으로 무식하고 경험적으로도 무식하다. 이걸 모르는 사람들이 잘난 소리를 한다. 그것을 지적하는 게 내 직업이었다. 냉소하는 것이. 냉소는 먼저 나를 향한다. 거기에는 탐욕과 명예욕과 자만과 심술에 가득 찬 쭈글쭈글한 늙은이가 있다. 유식하게 보이려 애쓰는 속물 노인네가.

"남을 울리려면 나부터 울어라."고들 하지만 웃기는 이야기다. 자기부터 울면 무슨 정신으로 남을 울리겠는가? 나는 그저 정신부터 잃지 않으려 했다. 제정신으로 보자니 나와 세상이 그만 냉소의 대상이 되고 말았다.

인간은 고결한 존재라고? 나는 못 믿겠다. 어떤 인간은 고결하다고? 멍청한 소리다. 고결의 가능성이 있다고? 이딴 소리 하려면 나가 죽어라. 내가 보기로 인간은 모두 '찌질이'다. 나 자신

'찌질이'의 선두 주자다. "모든 명제는 등가"이듯이 모든 인간은 똑같이 '찌질이'이다. 인간이라는 독립변수는 '찌질이'라는 속성을 가진다. 여기에 위계는 없다.

이것이 나의 인간관이다. 무슨 글이 되겠는가? 만사 부정적이니. 나의 인간관이 내 실패의 원인 중 하나이다. 틀림없다. 인간 조지수가 글러 먹었는데 그의 글이 제정신이겠는가? 나무의 싹수는 과실로 판명 난다. 조지수의 싹수는 결국 그의 글로 판명 났다.

넋두리가 나 자신에게도 지겹다. 하물며 읽는 사람에게야. 그렇지만 죽지 못해 사는 건 사실이다. 의미 위해 살지 않는다. 삶도 세계도 무의미이다. 거기에 무슨 의미가 있는가? 솔직해져 보자. 의미 본 적 있는가? 난 없다. 삶에 허덕이고 불안과 고통에 찌든 사람들은 있다. 그러나 의미는 없다. 먹고살 만한 사람들이 스스로를 기만하고 불쌍한 사람들을 기만하기 위해 그것을 발명했다. 삶은 불가해하고 하루하루는 고통이고 내일은 불안이다. 이것이 삶이다. 의미 없다. 삶의 습관과 죽음의 공포가 하루를 연장한다. "잠깐의 빛이 비치고 긴 어둠이 지속된다." 이것이 탄생이고 삶이다.

큰 입을 달고 있는 사람들이 있다. 의미는 이들의 전유물이다. 의미는 위선이다. 의미 찾는 사람들은 멍청한 위선자들이다. 글도 쓴다. 의미로 범벅인 글을. 이 사람들 취미판단의 수준이 높지 않다. 이들의 글이라곤 감상이나 현학에 젖은 쓸모없는 것들이다. 끈적거리고 질퍽대는 글을 잘도 쓴다. 이런 글에 대해 서로 호평도 한다. 끼리끼리 서로를 칭찬하며. 일반의 취미 수준을 자기네 수준에 고정시킨다. 무능과 무식도 견디기 어려운 악덕인바 이 사람들이 잘난 체 안 하는 세상 어디 없는지 모르겠다.

영화 선택할 때 영화평론가 믿으면 안 된다. 관람자나 네티즌 평이 좋은 영화를 선택하는 게 실패 확률을 줄인다. 평론가는 영화를 예술연극쯤으로 안다. 스스로를 예술평론가쯤으로 알고. 이들은 영화 평점에 가혹하다. 무엇인가를 비하하면 자기가 올라간다고 생각한다. 사실은 반대인데.

"영화는 재미만 있으면 안 된다. 심각해야 한다. 의미와 철학이 담겨야 한다. 나도 철학 좀 한다. 나름 깊이 있는 사람이다."

이런 식의 의미 부여가 지겹다. 의미는 무슨 의미. 삶 자체가 무의미인데. 철학 찾을 양이면 영화 그만 보고 연극 보라. 사무엘 베케트나 이오네스코 등의. 새로운 철학은 철학의 부재를 주장한다. 이들의 연극이 거기에 기초한다.

평론가 믿고 영화 선택하면 울고 나온다. 감동 때문이 아니라 기만당한 게 억울해서. 계몽서사가 시체된 지 이미 옛날인데 아직도 그것을 되까린다. 위에서 내려다보며. 콘도르인 양.

잔인한 술수를 부린 적이 있다. 무시무시한 거드름을 피우는 의미에 가득 찬 사람에게 보네거트의 글을 내 글인 양 보냈다. 신나는 일이 발생했다. 의미와 철학이 부재하고, 비유가 유치하며, 논지가 흐리멍덩하단다. 좋아서 죽을 뻔했다. 비밀을 혼자 간직하기 아까웠다. 그분은 평소에 현대소설을 좋아한다고 말해왔다. 나는 설명까지 붙여서 친구들에게 돌렸다. 심지어 미국에까지. 내 전두엽이 잠시 자리를 비웠다. 곧 후회했다. 내가 여러분의 동포시민이듯이 그도 나의 동포시민 아닌가. 내겐들 왜 멍청함이 없겠는가.

그렇다 해도 짚고 넘어갈 사실이 있다. 나는 다음의 비밀을 알고 있다. 책을 읽는 것이 삶에 중요하다는 주장이 거짓말이라는 사실을. "책은 마음의 양식"이라는 경구는 어수룩한 사람들에게나 설득력 있는 금언이라는 사실을. 현명한 분들은 이 사실을 이미 알고 있다는 사실을. 그렇기 때문에 평생에 걸쳐 책과 담을 쌓고 살아간다는 사실을.

독서가 무상의 가치를 가진다고? 삶에 무능한 지식인들이 꾸며낸 거짓말이다. 창백하고 여윈 지식인들. 못생기게 지어진 시멘트 덩어리에 동굴 하나씩을 차지하고 있는 그 생기 없는 백면서

생들. 무능 속에서 생존할 길을 살피며 탐구나 성실이라곤 모르는 사람들. 이들이 백주에 근거 없는 소리를 하고 있다.

궁금하다. 진짜 모르는 걸까, 아니면 알면서 속임수를 쓰는 걸까? 전자의 경우라면 멍청한 저능아들이고 후자의 경우라면 교활한 협잡꾼들이다. 후자가 차라리 낫겠다. 멍청한 이상주의자처럼 이 세상에 많은 불행을 불러들이는 사람도 없으므로. 말이 좋아 이상주의자지 사실은 감상에 젖은 인텔리겐치아일 뿐이다. 이런 사람들은 이를테면 꽉 막힌 확신범이다. 자기 인생 망치는 것으로 부족해서 순진한, 아직 젖도 안 떨어진 청춘들을 쓰레기통에 처박는다.

후자는 최소한 자기 인생은 안 망친다. 그는 이를테면 이 세상에 아주 흔하게 널려있는 자기 인식적 사기꾼이다. 사기를 치고 있다는 사실을 알고 있고 때때로 스스로에게 냉소한다. 이 경우는 직업을 잘못 택한 경우이다. 그는 아마도 분별없던 시절에 헛된 이상주의에 기만당했을 것이다. 사업이나 세무 관련 일에 종사했어야 했다. 그랬다면 누이 좋고 매부 좋았다.

여기에도 스펙트럼이 있다. 기만적 삶을 한껏 즐길 줄 아는 대견한 사람들. 칸트의 윤리학으로는 벼락 맞을 사람들이다. 쾨니히스베르크의 그 성실한 고집쟁이는 동기로서의 윤리를 말하니. 대부분의 교활한 사람들은 의외로 양심적이다. 어린 사람들 속이는

것이 괴롭다. 그래서 이들은 주로 술고래다. 젊은이들은 술 시중
으로 바쁘다.

책은 삶에 도움 안 된다. 도움은커녕 방해된다. 인생을 그럴듯
하게 살고자 하는 사람들은 책을 가까이해서는 안 된다. 책은 사
람을 현실에서 멀어지게 하고 몽상가로 만든다. 구린내 나는 자부
심만 주입한다.

글줄깨나 읽었다는 사람치고 쓸모 있는 사람 없다. 꿈에 잠긴
기생 인간이다. 가치 있는 일이라곤 평생 해본 적 없는 사람들. 생
산성에 도움 안 되는 사람들. 이들이 넘치는 자부심에 싸여 사는
모습에는 지나가는 강아지도 배를 잡고 웃을 노릇이다. 아무튼,
지식인들이 문제다. 독서가 어디에 도움이 되는가?

문화의 의의는 "돈과 재미"에 있다. '재미'란 웃음과 휴식을 준
다는 것을 뜻한다. 만약 어떤 책에 이 두 요소가 모두 없다면 얼른
분리수거할 노릇이다. 내가 아는 바, 잘난 척하는 위인들이 가치
있다고 — 어쩌다 자기가 먼저 읽은 — 추천하는 책은 이 두 범주
를 지니고 있지 않다. 오히려 반대이다. 쓸모없고 따분하고.

잘났다고 나서는 사람들의 신념의 근거가 다독에 있다는 사실
은 여간 재미있는 어불성설이 아니다. 독서와 학습은 쓸모없는 정

보를 축적하게 만들고 아부 근성을 키우고 자부심을 키우는 데에
는 도움될지 몰라도 사람을 지혜롭거나 유능하게 만드는 데에는
방해된다.

독서에서 학문적 업적이 나온 예가 없다. 매년 수많은 학위 논
문들이 엄청난 주석을 동반하고 쓰이고 있지만 그중 어떤 것도 학
문적 가치를 지닌 것이 없다는 사실은 신비로운 기적이다. 고대
그리스가 학문의 보고였던 이유는 거기에 읽을 만한 책이 없었기
때문이다.

많은 책을 섭렵했거나 다양한 지식을 쌓았거나 수많은 학위를
받았다고 해서 그 장본인이 지혜롭거나 쓸모 있어지지 않는다. 그
렇다면 슈퍼컴퓨터가 가장 지혜롭겠다. 이러한 도취는 여러 여자
와 잠자리를 했기 때문에 사랑에 대해 잘 안다고 주장하는 바람둥
이의 환각과 다를 바 없다. 몸을 구석구석 더듬었다 해도 그녀의
영혼 — 영혼이라는 것이 있다 치고 — 을 이해하지 못한다.

자신 있게 말하겠다. 이번에 나오는 이 책은 내가 여태까지 싸
질러온 과오로부터 벗어나 있다는 사실을. 지난 세월 쓸모없고 재
미없는 책을 써 왔다. 돈이 될 줄 알았다. 그러나 독자 제현은 속
임수를 간파했고 도통 사주지 않았다. 반전을 결심했고 인생 역전
을 노렸다. 정직이 최상의 정책이다. 진실한 책을 쓰려 했고 그 노

력의 결과물을 내놓게 되었다. 한 권쯤 사 달라. 속는 셈 치고 한 권 사 달라. 살면서 얼마나 많이 속였고 얼마나 많이 속았는가. 난들 당신인들. 한 번쯤 더 속이고, 한 번쯤 더 속는다 해서 무엇이 대수인가?

자고로 자기 삶과 자기 지식이 책이 안 될 만큼 진부하고 의미 없다고 생각하는 사람은 없다. 우수마발들이 제각기 여러 글을 써 대고 있다. 나도 여기에 여러 권을 보태고 말았다. 과오였다. 작지 않은 과오였다. 그러나 이번에 나오는 이 '헛소리 모음집'은 기존의 것과는 다르다. 여기에는 웃음이 있다. 물론 고슴도치의 새끼 사랑일 수 있다. 독자들이여, 관대히 용서해 달라. 내가 지은 죄가 그렇게 크지 않다. 산더미 같은 쓰레기에 페트병 하나를 더했다.

CONTENTS

1

유감이다

마스칼러지

Maskology

실제의 자신과 자신에 대한 기대치 사이의 간격은 태평양만큼 크다. 과장이 아니다. 열 시간 비행이면 태평양 건넌다. 그러나 인간의 오만은 건널 수 없는 넓이이다. 인간 조건 중 하나이다. 어떤 가난뱅이도 자신이 갑부가 될 자격이 없다고 생각하지 않고, 둘도 없는 멍청이도 자신에게 철학자의 판단력이 없다고 생각하지 않고, 천하 없는 박색도 자신이 나름 매력이 없다고 생각하지 않는다. 이것이 인류가 집단 자살 없이 살아가는 동기이다. 모두가 편견에 차 있고 또 무엇에 대해서건 편견을 갖지만 스스로에 대한 편견에는 비할 바 없다. 온갖 장점을 스스로 부여한다.

누구나 자기 자신이 현명하고 도덕적이고 지혜롭기를 바라고 또한 사실 그렇다고 믿지만, 실제의 자신을 들여다보면 — 스스로를 들여다본다는 기적이 생긴다고 가정하고 — 어리석고 부도덕하고 평범하기 짝이 없는 누군가를 발견한다. 자신을 기대 수준으로 끌어올리든지 자기 기대 수준을 낮춰야 한다. 쉽지 않은 노릇이다. 게으름이 전자를 방해하고 허영이 후자를 방해한다. "쉽지 않다"고 말하지만 사실 불가능하다. 현실성 있는 해결책이 아니다.

오만이란 실제의 자신과 자기가 생각하는 자신 사이의 산술적 갭이다. 말한 바와 같이 태평양보다도 더 넓은 갭이다. 여기에 예외는 없다. 누구도 오만이란 함정을 피해갈 수 없다. 무엇인가가 인간 몸에 들러붙어 있다면 그것은 최적화된 진화의 덕이다. 오만 역시도 삶에 공헌한다. 그렇지 않다면 그것은 퇴화하였거나 현재 퇴화하고 있을 것이다. 아니면 스스로는 악덕이지만 다른 어떤 것을 위해 불가피한 것이든지.

뒤집어 생각하면 이것은 함정이라기보다는 따스한 은신처이다. 진화가 은신처를 찾아내고 말았다. 정직하게 묘사되는 자기 자신이란 무능하고 게으르고 비겁한 패배자이다. 이것은 누구 탓도 아니다. 본래 한 명의 승자와 나머지 패배자 전체가 세계이다. 사실은 승자조차도 곧 패배한다. 해골이 그를 내려다본다. 오만이 없다면 이러한 양상이 노골적으로 드러난다. 비참한 노릇이다. 패배한 자신이라니. 이때 오만은 진실을 덮는다. 이불처럼 따스하게 덮는다. 인간의 영혼은 오만 속에서 자기 가치를 자각한다. 자기 기만 없는 삶은 없다.

오만은 스스로를 속일 수 있지만 다른 사람을 속일 수 없다는 사실이 불편한 문제로 남는다. 오만은 개인적 삶을 매끈하게 만들지만 사회적 삶을 불편하게 만든다. 이것처럼 참아줄 수 없는 악덕도 없다. 오죽 역겨웠으면 아테네의 그 현인도 "아무것도 아닌 주제에 스스로가 무어나 되는 듯이 생각하는" 위인들을 그렇게 비난했겠는가? 따라서 사회화된 오만은 위험하다. 그것은 스스로를 고립시켜 사회적 삶을 파탄 낸다.

길이 없지 않다. 실망 말자. 제3의 해결책이 있다. 광범위한 해결책이다. 기만이란 것이 있다. 실제의 나 자신을 감추고 기대 수준상의 나를 내보이면 된다. 대내적으로 오만을, 대외적으로 기만을 지니면 훌륭한 삶을 살게 된다. 오만과 기만으로 내가 형편 없는 게으름뱅이에 바보에 지나지 않는다는 사실에도 불구하고 나도 누구도 불만족스럽지 않게 된다. 자기기만으로 그쳐서는 안 된다. 사회적 기만으로 나아가야 한다.

본래 어떠한 사람이냐는 것보다 다른 사람들이 나를 어떤 사람으로 보느냐가 더 중요할 뿐만 아니라, 또 보이는 내가 실제의 나라는 것을 믿어버리면 마음도 편해진다. 자기기만을 사회적 기만 위에 위치시킨다. 전자는 오만에 의해 후자는 기만에 의해 가능하다. "세계는 나의 표상"이고, "실존은 본질에 앞선다." 기만적이라고 누구를 매도할 노릇은 아니다. 생전에 모든 사람을 속일 수 있고 사후에 염라대왕까지 속일 수 있다면 누가 진정한 자신이겠는가? "습관은 제2의 천성일 뿐만 아니라 제1의 천성"이다. 삶은 지뢰밭이다. 그것을 성공적으로 이끌기는 쉽지 않다. "스스로가 된다는 것", 즉 자기 자신일 수 있다는 것은 매우 어려운 일이다. 그럴 필요 없다. 넓고 편안한 길을 두고 좁고 험한 길을 택할 이유가 없다. 자기 자신으로 살아서는 안 된다.

가면학Maskology에 대해 말하겠다. 금시초문인 것을 안다. 창시자가 나다. 상당 기간 가면에 대한 연구를 해왔다. 우여곡절이 많았다. 창조적인 모든 과업이 그렇듯 이 연구는 때로는 진척했다가 때로는 지지부진했고 심지어는 되돌아가기도 했다. 힘든 시간이었다. 동포애가 없었다면 이 학문은 탄생하지 못했다.

가면과 탈은 다르다. 탈은 자기 인식적 가면이다. 그것은 자신도 알고 남도 아는 가면이다. 여흥이나 야유나 풍자를 위해 쓰인다. 그러나 가면은 먼저 스스로를 기만한다. 가면이 자신이라고 생각한다. 지금은 아니라 해도 곧 그렇게 생각하게 된다. 이것이 반전이다. 자기기만에서 출발해서 사회적 기만으로 나아간다. 그리고 사회적 기만을 밑거름으로 다시 자기기만으로 되돌아온다. 이 과정은 순환적이지만 되먹임 과정이다. 이 풍선은 자꾸 커진다. 가장 많이 커졌을 때 성공한 삶을 살게 된다. 이것이 출세이다. 가면은 이를테면 세련되고 진화된 탈이다.

현대철학은 명제의 뜻과 그것의 참과 거짓을 독립적인 것으로 본다. 가면이 명제의 뜻이라면 탈은 명제의 참과 거짓이다. 명제의 뜻은 존립하고 있는 세계에 대해서가 아니라 존립 가능한 세계에 대한 것이듯이 가면 역시도 세계의 현존에 준하는 것이 아니라 우리 삶에 준하는 것이다. 참과 거짓이 중요한가? 그것이 무엇인지 누가 아는가? 삶의 매끈한 영위가 더 중요하지 않은가? homo 에 대해 온갖 수식어를 갖다 붙인다 해도 fraudábĭlis 만한 게 없다. 사기가 인간의 본질이다. homo fraudábĭlis!

사기는 가치중립적이다. 그것은 내재적 가치를 지니지 않는다. 나쁜 사기가 있을 뿐이다. 인간의 상상력은 좋은 사기의 예이다. 그것은 사회에 무해하며 때때로 창조적 작업을 가능하게 한다. 법을 어기지만 않는다면 무엇이든 허락된다. 나쁜 사기는 단지 법을 어기는 사기이다.

썼다가 벗었다 하며 가면을 오래 덮어쓰고 살다 보면 기만적인 나와 실제의 나를 적절히 구사할 수 있게 된다. 자기가 잘 보여야 할 필요가 있는 사람 앞에서는 덕성에 차 있는 듯이 미소 짓고 말하고 행동하지만 그럴 필요가 없을 경우에는 본래의 못된 모습을 노골적으로 드러내게 된다. 가면이 꼭 필요하다. 덕성의 가면이랄까.

젊은 여성들이 이것을 능란하게 구사한다. 자기 연인과 자기 부모 사이에서의 행동의 차이는 숙녀와 막된 여성과의 차이를 보여주는 좋은 보기이다. 물론 이것이 가장 바람직한 경우라고 말하고 있지 않다. 바람직한 것은 부모 앞에서는 그에 해당하는 가면을 쓰는 것이다. 하지만 이런 여성분들은 그럴듯한 딸의 모습을 표상하는 가면을 쓸 정도의 수고도 싫다. 아니면 부모를 무시할 정도로 오만하던지. 부모의 존재 의의는 자식들에게 경멸당하기 위해서니까. 결국, 이것은 경제학의 주제이다. 무엇인가 뜯어낼 것이 있다면 부모 앞에서도 무조건 가면을 쓴다. 그렇지 않을 경우에는 가면을 쓰는 수고조차 할 필요 없다.

여성뿐이겠는가? 서로 사랑하는 연인들의 대화를 엿듣는 실례를 하면 가면을 덮어쓴다는 것은 보편적이고 필수적인 삶의 양식이라는 것을 깨닫게 된다. 남자는 소포클레스 이래 최고의 문학가이고, 바흐 이래 최고의 음악가이다. 자기가 없다면 문예는 소멸했다. 또한, 어느 기업인보다도 더 뛰어난 경영자다. 자기가 없으면 회사 곧 쓰러지고, 부서의 중요한 대부분의 일이 자기 어깨에 달려 있다. 어제도 사장이 몸소 어깨를 주물러줬다. 그는 월급을 주며 오히려 송구스러워한다. 자기 밥줄이 내게 달렸으므로.

여성은 모든 예술 양식과 삶의 아름다움을 이해하는 심미적 능력뿐만 아니라 연인의 회사 내에서의 여러 메커니즘을 다 이해하는 듯한 영리함을 위장한다. 그래서 음악회도 가고 미술관도 간다. 이때는 교양인, 예술가, 예술애호가 등의 가면이 필요하다. 가면은 사랑과 결혼을 위해 필수적이다.

본색이 드러나면 상스러움이 드러난다. 이때 삶은 파탄으로 한 걸음 간다. 중요한 것은 가면을 쓴다는 데에 있는 것이 아니고 "제대로" 쓴다는 데에 있다. 가면 없는 삶은 어차피 없다. 가면의 소멸은 세계의 소멸이다. 우리가 보는 것은 세계가 아니라 세계의 가면이다. 여기에서의 실수는 치명적이다. 수시로 가면을 바꿔 쓰다 보면 때때로 혼동이 일어나고 또 가끔씩은 신경증도 앓게 되는 이유로 그만 본래의 얼굴을 드러내는 실수도 하고 잘못된 가면을 덮어쓸 수도 있다. 그런 사람들의 일생은 편할 날이 없을 뿐 아니라 사회적 삶도 파탄 난다. 대체로 피로와 스트레스에 찌들었을 때 이런 사고가 일어난다. "삶이 왜 여러 겹인가!"하는 분노가 일 때 조심해야 한다. 삶은 여러 겹이니까.

불편하고 갑갑하더라도 제대로 된 가면을 항구적으로 덮어쓰고 살아야 한다. 벗고 싶은 생각이 들더라도 한심한 자기 자신이 드러난다는 것을 명심해야 한다. 거짓 속에서 번성할 줄 모른다면 어디서도 번성할 수 없다. 거짓이 삶의 본래적인 양상이다. 문명과 문화는 허영과 기만을 자양분으로 성장한다.

가면을 쓰고 있으면 본래의 자기 얼굴은 어디론가 가 버리고 가면이 그것을 대체해준다. 놀라운 일이다. 본래의 자기 자신이 없어지고 여러 개의 가면만이 남게 된다. 삶의 기적이고 삶의 환상이다. 운명의 노예가 아니다. 타고난 배우이다. 운명의 전능한 창조자이다. 근대는 "주체적 인간"이라는 이념으로 중세를 벗어났다. 현대는 "가면의 인간"에 의해 근대를 극복한다. 우리의 새로운 삶은 가면에 의해 운명의 노예라는 비극을 극복한다. 가면이 새로운 주체적 운명이다.

가면으로 자기 만족감은 증진된다. 존경받는 것이 중요한 것이지 존경받을 만한 사람이냐 아니냐는 중요하지 않다. "물자체"의 세계를 누가 알겠는가? 알 필요가 어디 있겠는가? 인간관계란 속고 속이는 관계이다. 살아간다는 것은 가면무도회에 초대받는 것과 같다. 진실은 — 만약 그런 것이 있다면 — 가면 안의 어두운 곳에 머물러 있다. 사회적 교제란 서로를 알기 위한 것이 아니라 속이고 속고 속아주기 위한 것이다. 존중해야 하는 것은 서로의 가면이지 실제의 얼굴이 아니다. 자신을 드러내는 사람은 바보이다. 더 어리석은 사람은 가면을 쓴 채로의 상대편을 인정해주지 않는 사람이다. 프레게라는 분이 "단어의 의미는 문맥 속에서 요청되는 것이지 독립되어 요청되는 것은 아니다."라고 말할 때 그는 가면이라는 문맥 속에서 상대를 이해해야 한다는 사실을 말하고 있다.

한층 어리석은 사람들이 있다. 가면을 벗었을 때의 그를 상기시키며 가면을 쓰고 있는 그를 찔러대는 사람들이 있다. 이 만행보다 상대방의 분노를 더 사는 우행은 없다. 이것은 상대방의 비일관성까지도 지적하는 짓이며 상대편을 위선자로 치부하는 짓이기 때문이다. 그러한 사람들, 즉 자기 자신 가면을 쓰지 않거나 가면을 쓴 채로의 상대편을 그대로 인정하지 않는 사람들을 위한 자리는 이 세상에 없다. 그런 위인은 결혼도 못 하고 출세도 못 한다. 과장 정도로 회사 생활을 마무리하고 산으로 출근하는 것이 그 실력에 꼭 맞다. 이런 사람이 생존 경쟁의 패배자가 된다. 청계산이나 북한산은 그런 사람들로 꽉 찼다.

가면에 덮인 그를 본래의 그로 인정하자. 우리도 그렇게 인정받자. 본인이 플라톤의 가면을 덮어 쓰고 최고의 현인인양하면 그렇다고 맞장구를 치자. 많은 사람이 그렇게 철학자적 거죽으로 그의 얼굴을 싸고 있지 않은가? 한복을 입었다면 두 번 생각할 것도 없다. 바로 심오한 동양 철학자이다. 이제 곧 노장사상이 분출할 것이다. 근엄하고 느리지만 힘찬 목소리의. 자기 확신에 찬 그 목소리. "장자는 서양 사람들의 현대 물리학을 이미 수 천 년 전에 알았다고."

베레모를 썼다거나, 수염을 길렀다거나, 아방가르드적 머리 스타일을 한 누군가가 있다고 하자. 그를 예술가라고 얼른 말해주자. 그 예술가가 폰토르모를 새로 나온 스파게티로 안다고 해도. 얼마나 듣고 싶어 하겠는가? 당신과 그는 순식간에 SNS 이웃이 된다.

보석과 명품으로 치장한 그녀가 고개를 들고 오연한 표정의 가면을 쓰고 있다면 얼른 "우아합니다."라고 말해주자. 가임기가 지나 생물적 가치를 잃은 그녀가 바라는 것이 무엇이겠는가? 중년의 우아함 외에.

궁금한 사실이 있다. 모든 사람이 자기에게 합당하지 않은 존경을 끌어내는 데에 온갖 수단과 행동을 취하고 온갖 종류의 가면을 덮어쓰는 것을 망설이지 않으면서 그 "가면 쓰기"에 대해 어떤 학구적인 연구도 없고 이론적인 정립이나 체계화도 없다. 정도의 차이는 있다 해도 누구나 이미 실행 중이고 누구에게나 필요한 것이며 인류가 존속하는 한 영원히 함께할 "가면 쓰기"의 중요성에 비추어 이것은 놀라운 사실이다. 실존은 본질에 앞서는 것처럼 가면 쓰기는 학문으로서의 가면학에 앞선다. 그러나 본질이 없으면 실존이 허약해진다. 본질은 이를테면 병기창과 같아서 야전 군인에게 무기를 공급한다. 실존적 가면 역시도 학문적 기반을 가져야 한다.

가면학의 부재 이유를 알고는 있다. 이것을 밝히자면 또 다른 종류의 고찰이 필요하다. 그 고찰은 인간 내면과 관련한 심리학적 가치를 지닌다. 이것은 별개의 학문이다. 언젠가 다른 지면을 통해 밝히려 한다. 따분한 작업이다. 나도 따분하고 읽는 사람도 따분하다. 요새는 상대편을 심심하게 만드는 것보다 큰 죄는 없다. 미친 짓을 해서라도 상대를 흥미 있게 만들어야 한다. TV의 연예인들이 돈을 많이 버는 이유는 능란한 미친 짓에 있다.

약간의 암시로 대신하겠다. 위선에 관한 학문이 없는 것은 위선 그 자체 때문이다. 가면에 관한 체계적 연구 부재는 인간 집단 무의식에 기초하고 보기 싫은 것은 보지 않겠다는 정신건강에 대한 본능적인 보살핌에 기초한다. 그러므로 "가면학의 부재 이유"라는 학문은 인간 내면의 위선적 본질에 대한 탐구에서 시작해야 한다.

"가면 쓰기"를 체계화하는 것이 현재 더 중요하다. 이론과 체계가 결여된 실천적 요강들은 공중누각이고 답보이다. 나는 인류의 진보를 믿고 "진보란 다른 것이 아니라 인간 이성의 확장"이라고 생각하는 데에 있어서 대부분의 진보론적 역사가들과 견해를 같이한다. 중요한 것은 학구적인 체계이다. 가면이 완벽한 것이 되어서 상대편 존경의 마지막 한 방울을 끌어낼 순간까지 노력하고 애쓸 것을 약속한다. 나의 사명이다.

존경받기 위해서는 이해되어야 한다? 인간성의 본질에 대해 잘못 알고 있다. 반대이다. 존경받기 위해 자신에 대해 많은 것을 말했다면 그것이 존경받지 못하는 이유이다. 존경받기 위해서는 이해할 수 없는 사람이 되어야 한다. 어둠처럼 사람을 두렵게 하는 것도 없다. 어둠에 싸인 공포가 밝게 드러난 파국보다 무섭다. 공포영화가 어둠을 배경으로 하듯이 존경은 몰이해를 배경으로 한다. "반딧불이가 빛나기 위해서는 어둠이 필요하다." 마키아벨리는 허심탄회하게 말한다. "군주는 사랑받기보다는 공포를 심어 줘야 한다. 사랑하는 사람은 해칠 수 있지만 무서운 사람은 해칠 수 없기 때문이다."

역사적으로 동방의 전제 군주들이 민중과의 절대적인 거리를 유지한다든지, 한자리하는 사람들을 만나 뵙기가 어렵다든지, 높으신 분들이 대중 앞에서 검은 옷을 입은 채로 입을 꾹 다물고 있는 것은 존경받기 위해서이다. 여자는 비밀스러운 데가 있어야 한다며 별것도 아닌 것을 감추고는 대단한 것을 가진 양 위장하는 여성들의 무의식적 통찰력은 이것과 관련하여 대견하다. 줄리엣은 "차가움을 위장하는 여자와 나는 다르다."고 말하지만, 그것은 진실이 통하던 야만적 시대에나 유효한 것이었다. 차가움 가운데 스스로를 비밀의 베일로 쌀 때 자신을 비싸게 팔 수 있다. 여성들이 제값보다 더 받아내려면 이 방법밖에 없다. 자본은 노동의 착취보다는 거래에서의 부당이득에 의해 축적된다. 여성들은 이것을 안다. 줄리엣만 빼고. 줄리엣의 사랑의 실패는 가면을 포기한 데 있다. 왜 진실한 사람이 되려 하는가?

감춘다고 해서 거기에 별것이 있지는 않다. 망사를 겹겹이 입는다 해도 화장실 가기는 매한가지고, 입을 다물고 새침하거나 오만한 표정을 짓는다고 해서 그 표정 뒤에 대단한 게 있지도 않고, 검은 옷을 입고 독서에 매진한다 해도 멍 때리기는 마찬가지다. 있긴 뭐가 있겠는가? 단지 자신을 과대포장하는 기만 외에. 그러나 여기에 그녀들의 영리함이 있다. 얼마나 능란한 가면 착용자인가?

이해는 친근감을 부르고 친근감은 허물없음을 부른다. 그렇게 되면 존경받기는 틀린 노릇이다. 소박하고 솔직한 태도는 경멸받는다. 심지어 이런 태도는 증오를 부른다. 상대편의 솔직함은 자기의 솔직함을 요구한다. 솔직함은 서로 가면 벗기기이다.

어떤 가면 착용자가 이것을 좋아하겠는가? 가면무도회에 참석했다는 사실을 잊지 말자. 솔직한 태도는 무도회의 규약을 어기는 짓이다.

차갑고 냉정한 태도로 자신을 비밀의 베일로 덮고 소박한 성향을 멀리해야 한다. 군대에서 장교를 훈련시킬 때 "사병 앞에서는 식사도 하지 말고 화장실도 가지 말고 면회실에 나오지도 말라."고 가르치는 것은 이러한 이유이다. 장교는 생리작용도 없어야 한다. 대부분의 장교는 이 지침이 지당하다고 생각한다. 솔직함은 아랫것들의 것이기 때문이다. 공산주의 시절의 소비에트가 사실은 그 국가의 모든 힘이 소진되었음에도 계속 무서운 국가로 인식되었던 것은 도저히 이해될 수 없는 어두컴컴한 국가였기 때문이었다. 이것이 **"신비화의 가면"**이다.

인간은 무식쟁이다. 무식한 것들은 자기가 모르는 사실을 무서워한다. 운명을 두려워하는 것은 그것이 젤 컴컴한 것이기 때문이다. 의심에 찬 눈으로 세상을 바라보며 어떤 호의에도 이유 없는 쌀쌀함을 보인다. 무지는 호의를 인정하지 않는다. 현재의 호의는 미래의 손실을 의미한다. 사람들에게 친근감을 표하면 안 된다. 엘리베이터를 탈 때 모두가 구석진 데로 가서 서로 눈이 마주치지 않으려 천장을 바라보는 것은 차가움을 보여주기 위한 것이다. 구석진 천장을 본다고 해서 그들이 명상에 잠기지는 않는다.

인간을 무엇으로 아는가? 명상하는 인간은 형용모순이다. 인간은 명상하지 않는다. 망상은 할망정. 외로 꾀기는 스스로를 베일로 덮기 위해서일 뿐이다.

모든 사람이 삶의 일상적 행위의 근거를 이해할 능력이 안 된다. 다시 말하지만 존경은 친근함에서가 아니라 공포에서 나온다. 본래 소인배는 허물없이 대해주면 기어오른다. 대부분은 어쨌든 군자는 아니다. 자기가 지닌 것이 형편없으면 없을수록 더욱 대수로운 것이나 가진 듯이 위장해야 한다. 암흑과 비밀은 상스러운 놈을 말 잘 듣게 한다.

높은 사람의 환심을 사야 할 때 그 사람의 말을 이해했다거나 그의 마음에 공감한다는 듯한 태도 ― 고개를 끄덕거리는 등의 ― 를 취하면 안 된다. 그는 당신이 자신을 컴컴한 사람으로 알기 바란다. 그의 염원을 들어줘야 한다. 멍한 듯한 그리고 두려워하는 듯한 표정과 태도가 좋다.

"비천한 제가 당신 같이 이해 불가능할 정도로 고매하고 심원한 사람 앞에 서 있다는 사실만으로도 오금이 저립니다."는 마음을 태도에 의해 웅변으로 보여야 한다. 얼이 빠진 채로 "다시 한번 말씀해 주시겠습니까?"라거나 "정말 어려운 이야기입니다."라거나 "저를 각하와 같은 능력을 가진 사람으로 보지 않으시기를 바랍니다."라거나 "제가 무능력하다는 것을 배려해주십시오."라고 말하면 당신의 목적은 충분히 달성된다. 당신의 목적이란 뭐겠는가? 높으신 분의 가면을 인정하고 낮은 놈들에게서는 당신의 가면을 인정받겠다는 것 외에.

자존심과 생존 중 어느 쪽이 중요한가? 숙고가 필요하지 않다. 자존심이고 자기비하고 살고 나서 문제이다. 죽은 다음에 무슨 소용인가? 생존권은 기본권 중 하나지만 자존권은 그렇지 않다. 비굴이 생존에 도움이 된다면 언제라도 자존심을 버릴 준비가 되어야 한다. 이것은 심지어 많은 곤충조차 알고 있는 사실이다. 어떤 것들은 포식자에게 걸리면 죽은 척한다. 시체를 위장하는 것이 생존할 확률을 높인다. 삶의 역학은 먹고 먹히는 것이다. 포식자에게는 비굴의 가면을 피식자에게는 잔인의 가면을 써야 한다.

허영은 인간 본성에 뿌리박은 것이고 인간 행동의 강력한 동력원 중 하나이다. 누구라도 자신의 내면을 들여다볼 수 있는 솔직함만 지니면 곧 안다. 북미 연안의 콰키우틀족이 수년을 모은 재산을 다른 부족의 눈앞에서 태워 버리는 짓을 주기적으로 한 것은 바로 허영 때문이었다. 대인의 풍모다! 그 재산을 모으기 위해 등가죽과 뼈다귀가 얼마나 고역을 치렀겠는가? 한 순간에 날린다. 단지 대인이 되기 위해. 명품과 보석의 범람도 여기에 힘입는다. 젊은 아가씨가 명품 핸드백 하나를 사기 위해 얼마나 오랜 근무 시간을 보냈을까? 단지 핸드백을 사기 위해.

그중에서도 지적이고 심미적인 허영은 모든 잘났다고 하는 사람들이나 잘나고자 하는 사람들에게 크게 호소력을 지니는 미친 짓이다. 인문대학의 존재의의는 여기에 있고 백화점 문화센터의 존재의의도 여기에 있다. 그런 사람에게 "당신의 판단력은 백치의 그것과 진배없고 당신의 심미적 안목은 참으로 조잡하다."라는 사실을 암시한다는 것은 자신의 출세를 포기하는 것이다. 당신의 상관은 당신과 마찬가지로 가면을 쓰고 있고 자신의 두뇌가 뉴턴이나 아인슈타인의 두뇌에 버금간다는 언어도단적 위장을 하고 있다. 왜 그의 비위를 거슬러야 하는가? 상대편이 원하는 것을 이쪽에서 믿어주면 된다. 아니면 믿는 것으로 위장하면 된다. 속물의 규범이라는 것이 있다. 당신도 속물이고 그도 속물이다. 서로를 속물로서 완성시켜주자. 가는 것이 있어야 오는 것이 있다.

"당신의 판단은 날카롭고, 직관은 예술적이고, 창조력은 전례 없는 것이고, 예견 능력은 심원하다."는 요지의 편지를 써서 그에게 보내라. 연하장이나 생일 카드를 보낼 때를 기회로 잡으면 된다. 위의 내용에 더해 "아무개님의 탁월함과 저의 범용함의 대비는 뚜렷한 것이고 그것이 제가 아무개님을 감히 이해한다고 말할 수 없는 이유입니다." 등의 내용을 첨가하는 것도 중요하다. 이해

마스킬러지

한다는 듯한 태도를 보인다면 자신도 그와 같은 수준의 지식을 가지고 있다는 오만의 인상을 줄 수도 있다. 그렇다고 해도 또 지나치게 이해하지 못한다는 태도를 위장해도 안 된다. 이번에는 너무 멍청하다는 인상을 주기 때문에 쓸모없다는 느낌을 주게 된다.

적절한 균형이 좋다. 이것이 아랫사람이 윗사람으로부터 사랑을 끌어내는 방법이다. 즉 당신보다 못한 것은 말할 필요도 없지만 다른 사람의 부하보다 못나지는 않다는 보이는 것 ― 이것이 당신의 가면이 되어야 한다. 나는 이것을 **"비굴의 가면"**이라고 이름 붙이겠다.

출세를 결정짓는 두 가지 요소가 있다. 그중 하나가 "능력"이라고 생각한다면 바보이다. 출세한 사람을 둘러보라. 그들을 개인적으로 알고 있는 사람들에게 그들의 능력에 대해 내밀하게 물어보라. 그들이 출세한 이유가 유능성 때문은 아니다. 거목들이 실제의 건축 자재로는 별 쓸모없는 이유는 그 속이 보통 비어있기 때문이다. 마찬가지로 이 세상에서 거목으로 성장하기 위해서는 속이 비어야 한다. 인간의 두뇌가 텅 빈 채로였다면 삶은 많이 좋았을 터이다. 하중이 없으니 목디스크도 없었을 것이고, 뇌신경세포를 연결시키려고 애쓰지 않아도 되었을 터이다. 어차피 제대로 기능도 못 하는 그 뇌 세포들. 척추만으로도 충분하다. 정치하는 사람들이 좋은 예다.

능력은 출세를 위해 도움보다는 방해가 된다는 사실, 능력을 가진 사람은 이 세상에 모래알처럼 많다는 사실을 명심해야 한다. 성공을 위한 두 요소는 아부와 연줄이다. 그러나 연줄은 게마인샤프트에 의해 결정되는 것으로 어찌해볼 수 없지만, 아부는 어떻게 해볼 수 있고 그것은 비굴함에서 시작된다. 사회적 삶의 모든 것을 쥐고 있는 윗사람은 "젊은 사람이 겸손하고 건전해."라고 생각할 뿐만 아니라 여러 사람에게 그렇게 이야기해 줄 것이고 이제 바야흐로 그는 동료들을 제치고 전진할 수 있다.

다음으로 중요한 것은 근엄하고 말을 아껴야 한다는 것이다. 이것은 아랫사람을 대할 때 필요한 가면이다. 근엄하다는 것이 지닌 이점은 많다. 중요한 것 몇 가지만 들자면 어리석음을 감출 수 있고, 상대편을 부담스럽게 만들 수 있고, 상대편으로 하여금 내가 생각이 많은 사람이라는 느낌을 갖게 할 수 있다. 승리는 탁월함에 의해 가능하지 않다. 상대편을 곤경에 빠뜨림에 의해 가능하다. 근엄할 때 상대편은 부담스럽다. 상대편이 스스로를 드러내지 않을 때 그는 상대편 능력의 최대치를 가정해야 한다. 이것이 "죄수의 딜레마"이다. 이것을 이용하려면 과묵하라. 입을 꾹 다물고 턱을 약간 치켜들고 어깨를 쭉 펴고 모든 사람을 내려다보는 태도를 취하라. 이러한 태도와 관련해서는 주걱턱이 천부적인 이득을 누린다. 모두가 아는 과거의 어떤 영부인의 근엄한 태도는 이 주걱턱과 어울려서 멋진 조화를 보였고 근엄의 표상을 보였다.

말을 아끼는 것도 도움이 된다. 원래 "말이 많으면 몸이 곤하다." 또 아무리 치밀한 사람이라도 말이 많다 보면 앞의 말과 뒤의 말이 달라질 수 있다. 이렇게 되면 근엄은 고사하고 채신머리가 날아간다. 얼마 전에 어떤 여자 분이 근엄하고 과묵한 자기 남편의 현명함을 20여 년간이나 믿어 의심치 않고 살아왔는데 최근에 그가 "호모 사피엔스라는 종은 그런데 왜 멸종한 거야?"라고 묻는 것에 경악했다는 고백을 한 적이 있다. 그 부인은 남편이 그의 학벌과 직위와 과묵함에 상당하는 정도의 지혜를 가지고 있다고 믿었고 20년 간 노예가 주인님 대하듯이 봉사와 존경을 해왔다.

이것은 물론 아이러니이다. 그러나 삶 자체가 아이러니라는 생각을 한다면 이것도 심한 아이러니는 아니다. 남편은 기실 무식하고 게으르기 짝이 없는 사람으로 어찌어찌 학위만 대충 받은 사람이었고 평생에 걸쳐 쓸모 있는 생각이라고는 한 번도 안 해본 사람으로 "가면 쓰기"를 통해 현재의 직위에 오른 사람이다. 가면학을 가르쳤기 때문에 개인적으로 알고 있다. 그는 훌륭한 생도 중 한 명이었다. 얼굴이 평평하고 넓적해서 모든 종류의 가면을 수용했고 또 여러 개의 가면을 지닐 아량이 있었으며 게으름에도 불구하고 가면 바꿔 쓰는 데에서는 전광석화였다. 천품 자체가 가면이었다. 그럼에도 좀 더 과묵하지 못한 탓에 20년간의 속임수가 들통났고 이제 존경받기는 다 틀린 노릇이 되었다.

누구도 자기가 가진 것 때문에 망신당하지 않는다. 망신은 제 천품이 아닌 것을 흉내 내려다 당한다. 호모 사피엔스 등의 라틴어를 뇌까린 것은 번지수를 잘못 찾았다. 그냥 과묵했어야 했다. 돌머리와 과묵은 좋은 한 쌍이다. 조물주는 아주 드문 경우를 제외하면 두뇌의 부족을 다른 것으로 채워준다. 이들은 다행히 과묵한 성향을 타고난다. 그래도 직장에서 들통나지 않은 것이 얼마나 다행이냐고 위로했다. 근엄과 과묵은 이렇게 중요하다.

말을 해야 한다면 느릿느릿하게 해야 한다. 이것은 감히 범접할 수 없다는 위엄을 주는 동시에 깊은 숙고 끝에 말하는 신중한 사람이라는 느낌을 준다. 사람들은 내용보다는 형식을 좋아한다. 장엄한 옷을 걸치고 장엄한 단어들을 장엄하고 느리게 뱉어낼 때의 대법관들의 그 장엄함. 내용이 쓰레기에 지나지 않을 때에도 효력은 대단하다. 한 줄이면 충분할 내용을 서너 줄로 늘리고 일 분이면 끝날 말을 십 여분에 걸쳐 말하는 장엄한 재주. 이들을 수도원에 데리고 가면 누구라도 그레고리안 성가의 명가수다. 멜리스마melisma가 갖는 엄숙의 표상은 효과 있다. 이러한 식으로 근엄이라는 가면의 잠재력은 대단하다. 어리석음과 야비함을 감출 수도 있고 심원한 사람이라는 인상을 줄 수도 있다.

"모호성의 가면"이 있다. 많은 사건을 겪으면서도 확고한 인생 양식을 일관되게 견지하는 줏대 있는 사람들의 기질이라는 것은 감탄할 만한 것이긴 하지만 부러워할 성질의 것은 아니다. 이것보다는 자기가 처한 여러 입장에 따라 자기 행동을 자주 바꾸어 나가는 것이 더 큰 성공을 보장한다.

물이 있을 때에는 아가미를 사용하고 가뭄이 들 때에는 폐를 사용하는 물고기가 수억 년의 세월을 거쳐 아직도 살아남은 것이나 주변의 상황에 따라 자기 몸 색깔을 바꾸어 나가는 카멜레온과 넙치류의 물고기가 아직도 버티고 있는 것이나 열대림이 사바나의 초원으로 바뀌자 이제 직립하기로 결심한 인류가 지구상에서 가장 성공적인 종이 된 사실 등으로부터 무엇인가를 배울 수 있다.

현대적 예를 들면 입장이 바뀔 때마다 인생관이나 정치 철학을 바꾸는 정치권 인사들의 모범이 있다. 왜 총리도 국회의원도 대법원장도 못 되는가? 삶에 대한 경직된 기준을 가지고 있기 때문이다. 최소한 2중 기준을 지니는 것이 좋다. 5중 기준쯤 가지는 것은 더 좋다. 국어사전을 펴서 "수미일관"이라는 단어를 지워버리는 것이 좋다. "융통성"이라든가 "탄력적"이라든가 "변절" 등의 단어에 줄을 그으라. 가훈의 가치가 있다.

변절하는 인사들이 현명함과 사회적 성공에도 불구하고 욕을 얻어먹는 이유는 "모호성의 가면"을 지니는 데까지 나아갈 정도로 지혜롭지는 않기 때문이다. 일관성을 지니지 않는 것 이상으로 중요한 것은 일관성을 지니는 것처럼 보이거나 아니면 최소한 일관성이 없지는 않다는 느낌을 주는 것이다. 그러기 위해서는 확언을 피해야 한다. 이것은 생존의 필요조건이다. 음지가 양지 되고 양지가 음지 되는 것은 눈앞에서 보이는 사실이고 가장 믿을 수 있다던 여러 진리들이 한갓 유행에 그치는 것은 역사가 말하는 대로이다. 파도를 능란하게 헤쳐서 살아남고 번성하기 위해서는 확언을 하는 실수는 하지 말아야 한다. 그러므로 "그렇다고 볼 수도 있지요.", "그것도 일리가 있습니다.", "삶에 있어서는 모든 것이 가능한 법이지요.", "서로 조화될 수 없다고는 생각지 않습니다.", "모순적으로 보이는 것은 외견상 그럴 뿐입니다.", "이 세상에는 그렇다와 아니다만 있는 것은 아닙니다." 등의 표현법을 익히는 것이 좋다.

　삶의 지혜를 수업료도 치르지 않고 배우고 있다. 진짜 보물은 돈을 요구하지 않는다. 모차르트나 셰익스피어가 돈 요구한다는 말 들은 적 없다. 가면학도 그렇다. 돈 받자고 이거 가르치지 않는다. 공짜로 익히고 실전에서 사용하라. 수학이 무슨 필요고 생물학이 무슨 필요가? 수학 못 한다고 이자 계산 못 하는 것도 아니고 생물학 못 한다고 밤일 못 치르지 않는다. 누구라도 은행 가서 따질 줄 알고 누구라도 산부인과 가서 애 낳을 줄 안다. 그러나 가면학은 의식적으로 열심히 배워야 한다. 여기에 본능은 없다. 노력만이 있다. 천부적으로 좀 더 유능한 가면 착용자들이 있긴 하지만.

무엇을 말하고 있는지 상대편이 몰라도 된다. 그저 위의 여러 말 중 그 음조와 구개 구조상 가장 쉽게 뱉어질 수 있는 것을 골라서 온갖 근엄을 더해 내놓으면 된다. 다시 말하지만 내용 때문에 고통받지 말라. 돌머리를 자책하지 말라. 그들의 머리도 다를 거 없다.

르네상스에서 바로크를 거쳐 인상주의에 이르는 회화의 성공은 윤곽선을 모호하게 처리한 데 있다. 르네상스기 최고의 천재가 도입했던 그 기법은 보통 "스푸마토sfumato"라고 불리는 것으로 인물의 슬프고 기쁘고 비웃는 듯하고 무표정한 모든 분위기를 한꺼번에 달성할 수 있었다. 이것이 그림에 박진감을 더하는 효과를 주었다. 회화에서 성공한 것이 왜 인생에서 성공하지 못하겠는가?

연인의 애를 태우기로도 이 애매한 태도만한 것이 없다. 연인이 혼란스러워 하는 것이 안타깝게 느껴진다면 당신은 좋은 삶을 살기는 글렀다. 연민과 공감 등의 값싼 감상을 위해 안락한 삶을 저버릴 것인가? 솔직하고 투명한 태도는 값싼 사람이라는 느낌을 주고 쉽게 획득될 수 있는 사람이라는 느낌을 준다. 결혼 시장에서 비싸게 팔리기에는 불리한 태도이다. 결혼은 장래 삶의 많은 것을 결정한다. 미래의 배우자로부터 그리고 그 배우자의 부모로부터 긁어낼 수 있는 것을 최대한 긁어내야 한다. 확언을 피하고 최대한 모호하고 가언적假言的인 언행을 해야 한다. 상대편은 애가타서 더 많은 것을 양보하고 더 많은 것을 약속한다. 초반에 잡아놓으면 평생에 걸쳐 존중받을 수 있다는 이득도 있다. 물을지도 모르겠다. 상대편이 도망가면 어떻게 하느냐고. 걱정하지 않아도 된다. 거듭 말하지만, 그(혹은 그녀)도 속물이고 우리도 속물이다. 속물은 솔직함과 소박함에 어떤 가치도 부여하지 않는다. 그(혹은 그녀)가 포기한다면 그것은 태도의 애매함 때문은 아니다. 안심하고 이 가면을 덮어쓸 노릇이다.

그럼에도 불구하고 상대편이 포기한다면 그것은 차라리 다행이다. 그 사람은 가면 쓰기의 유효성을 모르는 사람이다. 그런 사람과 살아봤자 평생 고생이다.

우리 정치권 인사 중에 살아남는 것에 관한 한 불가사리보다도 더 유능한 어떤 분 ─ 사실 이분의 생존 능력은 거의 기적에 가까운데 ─ 이 주로 선문답을 두리뭉실하게 사용해서 난국을 헤쳐

나갔는데 요사이 정치적 각광을 받고 있으므로 그분의 예증을 따라 실습해보는 것이 좋겠다. 선문답이란 어느 쪽으로도 해석될 수 있는 표현법으로 정치적 지혜와 문학적 역량이 최고에 달한 사람을 위한 것이다.

모호성의 가면은 적을 만들지 않는다. "모난 돌이 정 맞는 법"이다. 일반적인 세평으로 보자면 대부분의 고귀한 시민들은 상상이나 도덕률을 벗어나는 것을 받아들이지도 용서하지도 않는다. 그들은 울퉁불퉁한 세상을 용인하지 않으며 모든 것을 깎아서 거울처럼 평평하게 만들 때까지 불독처럼 끈질기게 애쓴다. 깎이고 싶지 않다면 무조건 납작 엎드려서 살아야 한다. 사실이 이와 같으므로 입을 닥치고 사는 것이 가장 좋고 무엇인가 꼭 말해야 한다면 오로지 "선문답"이다. 애매모호한 태도와 이중적 의미를 지닌 언어는 생존하고 존경받기 위해 필요하다.

"전문성의 가면"이 있다. 현대는 분화의 시대이고 전문가의 시대이다. 사람들은 무지몽매해서 전문가라고 하면 무엇인가 대단한 것을 가진 사람으로 믿는다. 그들을 실망시켜서도 안 되고, 그들의 존경이 그 방향을 잃게 해서도 안 된다. 앞에서 이야기한 바대로 대단한 것을 가지고 있는 것보다 중요한 것은 대단한 것을 가진 양 위장하는 것이다.

전문 용어를 쓰는 것이 좋다. 사람들이 알아듣지 못할 학술 용어라거나 기술 용어 등을 전투대형으로 배열하여 포탄을 쏘아대듯이 퍼부어 대라. 듣는 사람의 머리를 일단 휘저어 놓으면 대단한 사람이라는 인상을 주는 것은 식은 죽 먹기이다. 거기에 더해 여러 외국 학자들의 이름과 저술 제목을 외워서 쓴다면 금상첨화이다. 반드시 전문 분야와 관련된 것들이 아니라도 좋다. 그저 외국어로 된 아무 이름이나 아무 책 제목을 둘러대면 된다. "파스칼의 순수이성비판"이라고 불어와 독일어로 말한다면 누가 감탄하지 않겠는가? 어떤 교수분이 자기 저술의 주석을 라틴어로 달아서 많은 사람을 감탄시켰는데 그는 "주석" 조차도 라틴어로 무엇인지 모르는 사람이었다. 그래도 성공하고 말았다. 누군가가 그것을 안다고 해도 동종업자 보호의 원칙상 그리고 자신도 평소에 쓰는 수법이므로 잠자코 있을 터이다. 아는 것을 안다고 하는 것은 이류의 지혜이다. 일류는 모름지기 모르는 것도 아는 것으로 보여지는 것이다.

무식을 부끄러워할 줄 모르는 사람들이 질문을 할 수도 있다. 그것이 후안무치이다. 두 가지 대응책이 있다. 하나는 "원천봉쇄"이다.

"나는 두 번 말하기를 죽기보다 싫어하는 사람이라서."라거나 "이 정도는 상식만 가진 사람이라면 충분히 이해할 수 있는 이야기지만." 등을 자주 말해준다. 이 경우 상대편은 높으신 전문가 님으로 하여금 죽기보다 싫어하는 일을 하게 만든다는 실례에 더해 자기가 상식조차 지니지 못했다는 사실이 모든 사람에게 알려지는 것이 꺼려지므로 당연히 질문을 삼가게 된다. 즉 한편으로는 상대편의 양심에 호소하고 다른 한편으로는 허영심에 호소한다.

질문을 봉쇄하는 다른 하나의 초보적인 기술이 있다. 질문이 나올 틈을 주지 않는다. 속사포처럼 떠벌려라. 그럼에도 불구하고 듣는 사람 중 누군가가 얼굴을 찡그리고 눈썹을 모을 때에는 조심해야 한다. 질문이 나오려는 순간이다. 아차 하면 횡액을 맞는다. 이때에는 더욱 가속 페달을 밟는다. 평소에 분당 스무 단어의 속도로 짖어댔다면 이번에는 분당 마흔 단어의 속도로 짖어대라. 착한 청중은 그 열정에 감탄해서 혹은 진행에 누가 될까 두려워 혹은 질문할 기회를 못 잡아서 결국 포기하게 된다. 그러나 이 방법은 쉬지 않고 떠들어야 하는 것으로 체력만은 누구 못지않지만 대가리 속에 든 것이 없는 사람이나 사용할 방법이다. 초보적인 가면이다.

이러한 대응 양식은 자기가 무엇을 말하는지조차 모르고 떠들어대야 하는 경우이고 자기가 무엇인가 지식을 자랑하고 싶을 때에는 질문을 "선택적"으로 봉쇄해야 한다. 사실 사람이 평소에 아무리 열심히 형설지공을 쌓고 또 연구실에서 아무리 많은 밤을 뜬

눈으로 지새웠다고 해도 모르는 것이 있게 마련이다. 무식한 대중은 그것을 이해하지 못한다. 전문가는 무소불위하고 전지전능하다고 생각한다.

이 경우 자기가 답변할 수 있는 질문은 받고 답변할 수 없는 질문은 봉쇄해야 한다. 일단 질문을 허용하되 약간 마땅치 않다는 표정을 지어야 한다. 질문이 자기가 무엇인가 아는 부분에 대한 것이면 슈퍼스타가 될 기회다. 때를 놓치지 말고(기회가 흔한 것이 아니므로) 대단한 학자의 실력을 유감없이 발휘하여 청중의 숨을 완전히 멎게 만들어야 한다. 그 질문과 관계가 있건 없건 아는 것을 총동원하여 입에 게거품을 물고 떠들어야 한다. 그 질문에 대한 답변으로 그 시간을 끝내도 괜찮다. 어떤 분은 자기가 답할 수 있는 질문에 너무나 흥분한 나머지 처음에는 분필과 지우개와 강의록을 내던지다가 마침내는 의자도 몇 개 부쉈다. 이때에는 훌륭한 질문이라는 칭찬을 거듭하라. 얼마나 훌륭한 질문인가? 아는 것에 대한 질문이니.

만약 질문이 자기가 잘 모르는 부분에 관한 것이면 — 사실상 대부분의 질문은 여기에 속하는바 — 마땅치 않다는 표정을 가일층 지으면서, "그 질문은 우리 주제의 진행과는 별로 관련이 없는 것."이라거나 "제발 의사 진행을 방해하지 말아 달라."거나 "그러한 것을 묻는 것으로 보아 내 말을 전혀 이해하지 못한 것 같다."

라거나 "좋은 질문이라야 좋은 답변을 얻을 수 있는 법."이라는 등의 이야기를 하면서 "그 질문은 여러 사람의 시간을 빼앗을 정도로 의미 있는 것이 아니므로 개인적으로 답변할 테니 언제라도 방문해 달라."는 식으로 처리하면 된다. 모 대학의 한 교수님이 이러한 방식으로 연명해 나갔다. 대단한 성공을 거두었고 이미 학장의 자리에 계신다. 그분에게 많은 것을 배울 수 있을 텐데 가르치기보다는 보직을 택하고 말았다.

이 글을 쓰고 있는데 어떤 분이 내게 충고를 했다. "당신이 정립하려 애쓰고 있는 소위 '가면학Maskology'은 이미 우리 모두가 응용하고 있는 별 새로울 것 없는 내용이다. 당신은 구태의연하고 쓸모없는 짓을 하고 있다."는 요지의 말을 했다. 독자 중에서도 그렇게 생각하는 분이 있을 터이다. 내가 하고 싶은 말은 다음과 같다.

그분은 대단히 뛰어나고 지혜로운 사람이다. 그리고 그렇기 때문에 성공적인 인생을 살아 왔고 나름대로의 자기만족적인 출세도 했다. 나도 물론 알고 있다. 그는 얼굴에 가면을 덮어쓴 채로 주머니에는 일곱 개쯤의 예비 가면을 넣고 다니고 있고, 또 0.1초도 안 되는 순간에 적절한 가면으로 교체할 준비가 되어 있다는 것도. 그러나 그가 알아야 할 것은 사람들이 모두 자신과 같지는 않다는 사실이다. 사람들 중에는 자기 자신을 그대로 보여준다는 것 외에는 다른 능력이 없는 사람들도 많다. 그가 가면과 관련해 지닌 재주는 거의 생득적인 것이기 때문에 그렇지 않은 사람들을 이해하지 못할 것이다. 이 점에 있어서 어머니 자연은 불공평하다. 그와 같이 희한한 재주를 타고난 사람이 있는 반면에 그렇지 못한 사람도 있다는 것을 보면. 그러나 그러한 사람들에게도 길이 없는 것은 아니다. "선험先驗"만 있는 것이 아니라 "경험"도 있다. 모든 사람이 같은 능력을 타고나지는 않는다. 타고난 가면쟁이가 있다면 타고난 맨얼굴쟁이가 있다. 인간은 평등하게 태어나지 않는다. 염색체에 이미 불평등이 심어진다.

노력만이 불평등을 극복한다. 나는 그 노력을 독려하고 있다. 그들에게서 노력할 기회를 빼앗으면 안 되고 또 가면을 쓴다는 이 점도 그 혼자만 누리게 할 수는 없다. 그는 지금 당장 책을 덮든지 아니면 복습으로 생각해서 참고 읽든지 둘 중 하나를 할 노릇이다. 주둥이를 나불거려서 편안한 심기를 건드리려 하지 말고.

길을 잃었던 것을 사과하겠다. 시끄러워서 견딜 수가 없었다.

다음으로는 **"권위의 가면"**이 있다. 이것은 주로 자기 직책이나 직업이 그 이면에 어떤 강력한 권위를 지니고 있을 때 아주 유효하다. 정부의 고위직이라거나 법관이라거나 군 장교 등이 사용하기에 이것보다 더 좋은 가면은 없다. 이것은 권위를 빌어서 상대편에게 엄청나게 큰 소리로 강력한 인상을 주는 것이다.

"당신이 지금 누구 앞에 서 있는지 알고 있는 거요?"라거나 "당신은 국가의 정의가 누구를 통해 집행되는지 알고 있는 거요?"라고 소리 지르는 것으로 모든 것이 충분하다. 내가 훈련병 시절 — 벌써 수십 년이 지났다 — 에 한 소대장이 점호 중에 "내가 누구라고 생각해? 내가 여기에서는 왕이야! 너희 할아버지야!"라고 한 훈련병의 코앞에서 엄청난 꽹과리 소리를 내는 바람에 그 불쌍한 초년병은 그만 졸도하고 말았다. 권위는 징처럼 울려 댈 때 더욱 효율적으로 행사된다. 전화로 사용될 때에는 더욱 강력한 효과를 낸다. 권력과 권위에 싸인 누군가가 비밀의 장막에 덮인 채로 "문제가 발생하면 전부 당신 책임이야!"라고 150데시벨 정도로 짖어대면 상대편은 혼비백산이다. 경외감에 가까운 존경을 끌어낼 수 있다. 이 가면이 더욱 좋은 점은 논리나 설득 따위의 귀찮은 것으로 상대편의 동의를 끌어낼 필요가 없다는 점이다. 소리만 질러대면 된다. 효율적인 가면이다.

여태까지 말해 온 모든 가면보다 그 효능이 더 뛰어나면 뛰어났지 못하지 않은 새로운 가면을 소개하겠다. **"상징의 가면"**이라는 것이 있다. 이것처럼 모든 사람이 보편적으로 사용하는 가면도 없고 이것처럼 그 효능이 포괄적인 것도 없다. 그러므로 이 가면에 대한 이야기는 길다는 것을 이해 바란다. 그 제목이 야릇한 느낌을 준다고 해도 별스러운 것은 아니다.

사람은 누구나 한 개인에게 존경을 품기보다는 그 개인이 속한 집단이나 그 개인이 지닌 직업이나 직함에 존경을 품는다. 이것은 지극히 당연한 것으로 인간 자체보다는 그의 실제적 쓸모나 그가 미치는 영향력을 훨씬 더 중시하는 개화된 인간관에 힘입은 것이다. 인간성의 이러한 측면을 고려해본다면 자신이 어느 집단에 속해 있는가를 상대편에게 끊임없이 상기시키는 것을 통해 상당한 존경을 끌어낼 수가 있다는 것을 알게 된다. 인간은 "사회적 동물"이라거나 "폴리스적 동물"이라고 해석되어온 고대 정치철학자의 금언은 사실, "인간은 집단적 동물"이라는 것의 오역으로 보인다. 집단을 상징화하는 통일된 제복을 입거나 배지나 문장 등을 남의 눈에 잘 띄는 곳에 부착하는 것은 상당한 중요성을 지닌다.

이것은 존경이 많이 요구되면 요구될수록 더욱 긴요한 문제가 된다. 공화정 시대와 제정 시대 전체에 걸쳐 가문의 문장을 새긴 반지를 끼고 다닌 로마인들의 전통이나, 방패나 깃발이나 모자 등을 가문의 문장으로 장식한 중세인들의 전통이 현재는 소멸되었다는 것을 생각해 본다면, 역사는 장구한 퇴보이고 우리는 "철의 시대"(금이나 은의 시대가 아닌)에 살고 있다고 말한 한 그리스 시인의 통찰력이 놀랍다는 것이 확인된다. 애석한 일이다.

우리나라 국민이 다른 나라의 국민보다 현명하다는 것은 상징의 사용이 한국의 경우 다른 어느 나라보다 더 일반화되어 있다는 데에 있다. 이 점에 있어서는 기껏해야 북한만이 우리의 경쟁 상대가 될 것이다. 많은 대학생이 학교 티셔츠를 입고 다니거나, 학교 이름이 새겨진 배낭을 메고 다니는 걸로 자신이 어느 집단에 속해 있는가를 못내 보여 주려고 애쓰고 많은 회사원과 국회의원들과 변호사들이 양복 깃에 자신들 집단의 상징물을 부착하여 자신들이 얼마만큼 품위 있는 집단에 속하는가를 애써 알리는 것은 국가의 장래를 생각할 때 고무적이다.

여성들의 경우, 모두가 대동소이한 상표의 비슷하게 만들어진 복장을 착용하여 자기가 유행에 민감한 20대 초반 여성 집단에 속함을 상징적으로 보이는 것 역시 여성의 품위와 고결성을 생각할 때 바람직한 것이다. 이러한 복장이 자기와 어울리지 않는다는 이유로 혹은 남들과는 좀 더 다르게 입고 싶다는 희망을 이유로 개성적인 복장을 한다는 것은 여성 자신을 위해서는 자멸적인 어리석음이 된다. 그러한 여성은 남성으로부터 자기네의 성性에 합당한 존중을 이끌어낼 수도 없을 뿐만 아니라 그럴 듯한 남자와의 교제나 결혼은 꿈도 꾸지 말아야 한다. 이 점에 있어서 서울의 모 여대와 모 남녀공학 대학이 대조적인 예증을 하고 있다. 대학으로

부터 항의의 우려가 있으므로 이 정도로 그치겠다.

내가 하고 싶은 얘기는 집단적 상징을 벗어나는 간이 부은 행동을 하지 말라는 것이다. 복장과 관련해서는 그 직업의 성격상 대중으로부터 존경을 이끌어 내야 할 필요가 있는 경찰이나 법관이나 호텔 수위가 동일하게 엄정한 제복을 입음에 의하여 자신들의 권위를 상징화한다는 것을 모범으로 삼아야 한다.

대단한 집단에 가면학 강의를 간 적이 있다. 일찍 도착한 나는 강사석에 앉아 있었고 수강생들이 줄을 지어 일사불란하게 입장하는 것을 보게 되었다. 나는 즉시 자리를 박차고 일어섰다. 40여 명의 수강생들의 복장이 한결같았다. 검은 양복, 흰 셔츠, 푸른 넥타이. 40여 명의 쌍둥이였다. 나는 그들에게 가르칠 것이 없었다. 제복에서 이미 상징의 가면에 능란하다는 사실을 말하고 있었다. 그들이 나를 가르칠 판이다.

상징 가면을 사용하여 존경을 끌어내는 우리 한국인의 능력이 가장 두드러지는 것은 운동 경기가 벌어질 때이다. 그 점에 관한 한 외국과의 경쟁에서 절대 지지 않는다. 선수들이 그만큼만 해준다면 우리가 우승 못 할 경기가 없다. 외국팀에 소속된 우리의 젊은이를 응원할 때에도 온통 태극기를 흔듦에 의해 그가 사실은 어느 집단에 속하는가를 만방에 과시한다. 팀 간의 경기에 웬 국기냐는 의문을 품는다면 당신은 바로 그 의문에 의해 후진적인 사람이라는 것을 보이고 있다. 마구 흔들어 대서 우리로 향하는 존경을 끌어내야 한다.

우리 국민이 상징적 기만에 있어서 어느 국민보다 더 진보적이라는 또 하나의 예는 유명 상표에 대한 선호가 일반적이라는 사실로도 보이는 바이다. 유명 상표는 그 소유자에게 그만한 안목과 경제력을 보증해 주는 것으로 사람들로부터 무한한 존경을 끌어낼 수 있는 것이다. 그리고 이 역시 자기가 어떤 집단에 속하는가를 상징적으로 보여주는 것으로 그 효력은 상표에 대한 일반인의 애착이 제대로 보여 주는 바이다. 자신의 내면적 인생이 공허하고 그 두뇌는 돌에 진배없다는 것을 이것만큼 잘 감춰 주는 것도 없다.

학생과 젊은이들이 동일하게 생긴 동일한 상표의 가방을 똑같이 메고 다니는 것을 길에서 볼 때마다 젊은이들의 통찰력과 국가의 밝은 미래를 본다. 상품 제작자에게 부탁하고 싶은 것은 선구적인 몇몇 회사를 따라서 모든 상표를 감춰진 곳으로부터 꺼내어 바깥쪽에 달라는 것이다. 모든 상징 가면은 남에게 보임에 의해서만 의미가 있는 까닭이다. 그러므로 상표가 안쪽에 달린 옷을 입을 경우에는 뒤집어 입는 편이 낫다. 상표는 그 상품의 가장 눈에 잘 띄는 곳에 가장 두드러진 색과 디자인으로 표시되어야 한다. 디자인 자체가 상표를 돋보이게 해야 한다. 노란색이나 흰색의 상품일 때에는 검은 상표가 좋겠고 녹색의 상품일 때에는 붉은 색이나 역시 검은색이 좋겠다. 형광으로 만들어서 밤에도 눈에 잘 보이게 한다면 더욱 좋다. 모든 밤거리가 상표로 빛난다면 장관일 터이다. 자동차의 번호판을 생각하면 되겠다. 지금 이러한 것들은 상품의 제작자나 수입업자들에게 하는 이야기이다. 이 "번호판 원칙"을 꼭 지키기 바란다.

상표는 상징 가면이 어떠한 것인가를 보여주는 "실험실적" 본보기이다. 완벽한 상징 가면의 예라는 것이다. 화폐가 단순히 종잇조각에 지나지 않지만, 그에 상응하는 가치를 액면가를 통해 상징하고 건물의 투영도 역시 그에 해당하는 건물을 이미 실현하는 것과 마찬가지로 상표 역시도 그에 해당하는 가치를 상품과는 관련 없이 이미 실현하고 있다. 이것은 마치 우리의 "선험적 감성"이 질료가 없이도 이미 잠재력을 갖추어서 우리에게 내재되어 있는 것과 마찬가지인 것으로 잘 연구되었을 경우에는 인식론적 가치를 지닌다.

유명 상표가 사람들에게 미치는 효과는 엄청난 것으로 아마도 아름다운 "집단 속물근성"에 기초하는 것 같다. 이 "집단 속물근성"은 마비적 효능을 지니는 것으로 위조 상품이 판을 치는 것이나 "벌거벗은 임금님"의 권위가 드높았던 것은 다 여기에 기인한다. "임금님의 옷"은 플라톤의 이데아와 마찬가지로, 질료의 개입

없이 단지 투명한 형상만으로 최고의 가치를 실현했다. 그 옷이야말로 상징 가면의 완전한 정점으로서 이를테면 "부동의 동자"이다. 즉 상표가 주는 심리적 효과에 의해 마침내 그 천의무봉天衣無縫을 획득하게 되었다고 말할 수 있겠다.

"상징의 가면"이 지닌 잠재력은 여기에 그치지 않는다. 이것은 외부로부터 존경을 끌어오는 것 이상으로 내적인 만족감을 주는 한편 삶을 더욱 쉽고 편안하게 해 준다. 어떤 집단인가가 자기를 그 구성원으로 받아주었다는 사실은 무한한 내면적 자부심을 심어준다. 다음으로 외부로부터 공격을 받는 일이 있을 때에는 자기 집단에 자기 방어를 위임할 수 있게 해준다. 예를 들면 내가 횡령이나 배임 등의 혐의를 받는 경우 공교롭게도 내가 기독교도(물론 불교도나 힌두교도나 부두교도일 수도 있겠다)라면 얼른 목사님에게 사실을 말하면 된다. 그러면 목사님은 기독교인의 윤리적 고매함과 종교적 탄압을 이유로 모든 교인들을 끌어모은다. 그리고 자신을 대신해 집단의 위력을 보여준다. 사실이 이와 같으므로 자기가 속한 집단이나 계급을 상징화하여 그것으로 얼굴을 가린다면 세상살이가 쉬워진다. 집단을 상대로 도발을 하는 멍청한 놈들은 '떼거지'와 '어거지'의 이중 거지가 무엇인지 배운다.

살아가는 길에 있어서 귀찮은 판단을 자기가 속한 집단의 원칙으로부터 끌어오면 된다는 이득도 상징의 가면으로부터 나온다. 더 이상 외롭지 않다. 이익을 지키기 위해 혼자서만 분투하지 않아도 되고 자기 잘못에 대한 변명 때문에 혼자서만 고통받을 이유도 없다. 등에는 집단이 있다. 집단에 속한다는 것의 이점이 이와 같이 크다는 것에 비추어, 모든 것을 스스로 생각하고 판단하는 습관이나, 독립적이고 독자적인 인생을 살겠다는 결심은 어리석기 짝이 없다. 이것을 개인주의라고 한다지만 내가 보기에는 "독불장군주의"라고 이름 붙이는 것이 더 낫겠다.

이 "상징의 가면"과 관련한 약간의 사적 고찰은 우리 논의의 요점을 좀 더 자세히 밝혀 준다. 사람을 양반과 상놈으로 가르거나 귀족과 성직자와 평민으로 가르거나 혹은 브라만, 크샤트리아 등으로 나누는 것은, 사실은 인간 계급의 상징화에 다름 아니다. 이 분류의 기준은 누가 더 싸움을 잘 하는가였다. 그러므로 귀족에 속하는 모든 구성원은 뼈가 굵고 근육이 발달한 조상을 가진 사람들이었다. 즉 귀족임을 드러내는 모든 상징물은 사실은 살인 능력의 표상이었다. 우리나라의 양반도 다르지 않다. 건국 초기의 대량 학살자가 양반이 된다. 그러므로 우리나라의 잘난 분들이 아직도 "문중"을 따지고 "성씨"를 따지는 것은 그 조상의 전투능력을 과시하려는 데에 있다. 사위를 맞을 때에 성씨에 대해 관심을 가지는 것도 딸에 대한 무력적 보호 능력과 장래 외손자들의 육체적 강건함에 대한 관심으로부터 나온다. 육체적 생존 능력이 관심의 전부이다. 이것이 우리 국민의 지혜로움을 보여준다.

상징 가면 중에서 가장 효력이 큰 것은 그 가면이 무력을 상징할 때이다. 이것은 자연 세계에서 보이는 바 대로이다. 바야흐로 전투를 개시하려는 두 동물이 어떻게든 몸을 부풀리거나 깃털을 세울 때 그들은 자기 몸에 흐르는 무력적 힘과 전의를 상징해내고 있다. 아직까지도 영향력을 지니고 있고 때때로는 한 개인에게 도취적 자부심과 마비적 무분별을 부여하는 문중이라는 것은 이러한 식으로 그 이면에 싸움 잘 하는 조상을 지녔다는 것을 상징하는 것이고 이것보다 더 위력적인 것은 없다. 지성이나 도덕 등을 운운하는 모든 멍청이들은 강력한 뼈대와 파괴적인 고깃덩어리의 힘을 한번쯤 경험하면 완전히 고분고분해지고 노예적인 아부를 기꺼이 한다. 그러므로 모든 가면 중 상징 가면처럼 강력한 힘을 지닌 것은 없고 상징 가면 중에서도 무력의 상징 가면처럼 효율적으로 기만적이고 원초적인 것은 없다.

우리나라 근세사의 한 시기에 무력의 힘이 얼마나 강력한 것인가를 우리 모두는 경험했다. 민주주의 운운하던 인사들이 쥐 죽은 듯이 조용해졌고, 모든 잘 났다고 하는 높으신 분들이 무력의 똥구멍을 개처럼 핥았다. 그 이후로는 실제의 무력을 사용할 필요는 없었고 그 상징만으로 충분했다. 제복만으로도 공포를 주기에 충분했다. 그러한 상징의 전통이 계속 되지 못한 것이 아쉽다. 이제 민주주의 운운하던 인사와 똥구멍 핥던 개들의 세상이 되었다. 그러나 나는 그러한 사람들이 새로운 종류의 상징을 창조할 것임을 믿는다. 그것이 어떠한 종류의 것이 될지 모르지만.

"의미의 가면"이라고 할 만한 것이 있다. 거듭 말하지만 가면학은 거짓의 힘으로 진실을 몰아내고 위선의 효능으로 선의를 대체하는 것에 관한 학문적 탐구이다. 빛을 어둠으로 대체해야 한다. 의미는 의미를 위장한 무의미이고 그것이 바로 의미의 가면이다.

돈이 되는 곳에 경쟁이 있다. 거기에서는 사용 가능한 모든 협잡질이 동원되고 모든 똥 냄새 나는 야비함이 난무한다. 당신은 패배했다. 안타까운 노릇이다. 인간은 평등하게 태어나지 않는다. 인간은 평등하다는 헛소리는 승리자들이 패자들의 게으름을 탓하기 위해 만들어낸 거짓말이다. 이를테면 — 인식론적 용어를 사용하자면 — 기만적 독단이다. 패배는 언제나 타고난 운명 때문이다. 누군가가 패배의 조건 가운데서도 각고의 노력으로 운명을 역전시켰다고 떠들어 댄다면 그는 자신의 행운을 성실로 위장하고 있다. 이런 사람은 이미 가면을 쓰고 있는 셈이니 내가 더 가르칠 것은 없다. 문제는 언제나 루저이다.

두뇌가 별로 민첩하지 못하다든가, 양심이 결벽증에 걸려 있다든가, 무능하고 가난한 부모를 만났다면 성공할 가능성은 희박하다. 위의 세 요소 중 두 가지를 지녔다면 전생에 무엇인가 죄를 지었다. 그러나 이 경우가 최악은 아니다. 한 가지만 제대로 가져도 그럭저럭 무사히 살아갈 수 있다. 돌대가리에 경직된 양심을 갖고 있을지라도 돈 많은 부모만 만나도 품위 넘치는 삶을 살아갈 수 있다. 이런 행운아들 많다. 문제는 세 가지 악운이 다 겹칠 경우이다. 의미의 가면은 이러한 사람의 것이다.

아무튼, 최후의 수단으로 가면이 있다는 것이 얼마나 다행인가? 거기에 더해 "의미의 가면"은 결벽증에 걸려 하얗게 질린 양심마저 만족시킬 수 있다. 때때로 양심은 무능이 도피하기 좋은 은신처이다. 생존 경쟁의 패배자는 섬세하고 아름다운 양심이 실증적 경쟁을 기피하게 했다고 주변에 변명하고 무엇보다도 스스로를 위안한다. 양심은 올바름을 지향했고 따라서 올바르지 못한 경쟁에서 패배했다는 것이 자위의 변이다. 그러나 패배는 패배라는 사실을 인정해야 한다. 패배자가 되는 순간 버림받는다는 사실을 알라. 새롭고 강력한 수컷에게 패배한 수컷의 운명은 추방과 죽음이다. 그 수컷이 공정하지 못한 투쟁을 떠벌린다면 어떤 암컷이 동조해서 같이 추방의 길을 택하겠는가? 이기고 볼 노릇이다. 나는 양심 운운하는 사람에게 얼른 의미의 가면을 쓰라고 말하겠다.

본래 그 자체로서 올바른 것은 없다. "자루는 홀로 서지 못한다. 무엇인가가 담겨야 선다." 보편적 진실은 신보다도 먼저 죽었다. 올바르게 보이는 것, 올바른 것으로 인정받는 것 외에 다른 올바름이란 없다. 편협하고 꽉 막힌 양심만을 내세워 올바름을 운운한다? 마치 그것이 하늘에 매달린 신성한 것이나 되는 양. 가면 외에 방법이 없다.

외롭지 않다는 것이 그나마 다행이다. 패배자들이 이 세상에 널려있다. 적당한 정도의 가방끈을 가진 자기만 잘난 바보들이. 이들은 이를테면 자부심에 가득 찬 패배자들이다. 패배의 원인을 자신의 올바름에 놓기 때문이다. 이들은 매우 유서 깊은 선배를 지니고 있다. 17세기 이후의 모든 "부유하는 인텔리겐치아"들이 이들의 기원이다. 가면을 쓰면 이들의 지지와 돈을 끌어낼 수 있다. 벼룩의 간을 빼먹듯이 이들의 돈을 긁어낼 수 있다. 달동네의 개척교회의 의욕에 찬 목사가 좋은 모범이다. 패배자들의 대변인이고 그들의 수장이다. "나쁜 철학자는 슬럼가의 군주"이다.

가면에 민중, 고향, 부모 등을 기입한다. 그러고는 성공한 사람, 부유한 사람, 효심을 잊고 사는 사람들을 가혹하게 비난하는 한편, 민중과 고향과 부모에 대한 애정을 감상에 찬 넋두리로 짖어대 보라. 이 다면화된 사회에서는 약간의 허튼 지식과 큰 목소리와 위장된 의미만 있으면 어쨌든 지지자를 구할 수 있다. 패배자들에게 카타르시스를 제공하고 돈 벌게 된다.

패배자라 해서 권력욕이 없지는 않다는 것을 잘 알고 있다. 무능한 사람도 누구 못지않게 잘난 체를 하고 싶은 것이 인지상정이다. 인간의 타고난 천품이야 불공평할지라도 남 앞에 나서서 이름을 떨치고 싶다는 허영은 동일하게 배분되어 있다. 절대 자기 분수를 알아서는 안 된다. 그래서는 영원한 패배자로서의 비굴한 삶밖에 안 남는다. 분수를 모르고 설쳐대야 한다. 나는 미친개처럼 설쳐대서 성공한 몇 사람을 알고 있다.

엄밀하게는 "의미"는 돌머리로 성공한 사람들의 헛소리이다. 그들의 의미는 계몽적인 것이다. 그들은 어리석게도 의미의 증발을 모른다. 가면으로서의 의미는 이를테면 반항적인 의미이고 반사회적 의미이다. 이 의미는 촛불과 죽창을 무기로 한다. 물론 이 의미도 실체가 없는 것이다. 그러나 의미를 지니지 못한 것은 중요하지 않다. 일차적인 중요성을 지니는 것은 의미 있는 사람처럼 보이는 것이다. 분노에 차고 복수심에 가득찬 패배자들을 만족시키며 동시에 스스로가 의미 있는 일을 하고 있다는 자부심으로 자기 양심마저 만족시킨다면 이 가면은 얼마나 훌륭한 것인가? 민중이나 고향이나 부모를 팔면 무조건 장사가 된다. 이 주제는 언제라도 공감과 눈물과 돈을 끌어낼 수 있다. 강연회에 가서 연사도 하고 그럴듯한 저술도 하라. 돈과 명예가 들어온다면 무엇인들

못 팔겠는가?

이 가면의 제작은 쉽지 않다. 눈매를 다부지고 사납게 깎아야 하고, 이마 쪽에는 네댓 개의 주름을 새겨 넣고, 턱을 네모나게 만들어야 한다. 수염을 좀 붙이는 것도 좋겠다. 환경론자나 생태주의자들이나 민족주의자들이 수염으로 종종 이득을 보는 듯하다.

본래 심각하고 화난 듯한 외양은 덜떨어진 두뇌에 대한 훌륭한 육체적 보상이다. 무표정은 낮은 지능과 부족한 정서의 지표지만 세상 사람들은 오히려 거기에서 의미를 보는 듯하다. 형편없는 돌머리에 감상적인 넋두리밖에 지닌 것이 없다 해도 심각하고 근엄한 표정만 있으면 무엇인가 심오한 것을 지닌 듯 보인다. 본래 나쁜 두뇌와 심각한 표정은 좋은 한 쌍이다. 이것은 인간 세계에서도 그렇고 자연계에서도 그렇다. 천하에 둘도 없는 돌머리 개인 불독이나 핏불테리어를 보라. 얼마나 근엄하고 무표정한가? 깊은 철학적 상념에 잠긴 듯하다.

군건한 양심과 경직된 논리는 패배자들이 몸담기에 좋은 견고한 성채이다. 양심과 논리는 하늘에 새겨진 신성불가침이 아니다. 앞에서 말한 것처럼 그것은 빈 자루이다. 거기에 무엇인가 내용물이 채워져야만 설 수 있다. 양심과 논리는 경도와 위도가 달라짐에 따라 변한다. 누구 양심만 중뿔나게 올바를 이유가 없고 다른 양심만 별다르게 나쁠 이유도 없다. 단지 승리자의 이익과 패배자의 굴욕이 있을 뿐이다. 쇠고기 스테이크에 대해 태연한 양심과 부들거리며 떠는 인도인의 양심을 비교해보라. 양심의 보편성을 말할 근거가 어디에 있는가?

성공한 사람들의 양심의 기준은 유연하다. 그들의 양심은 한결같거나 일관되지 않다. 양심은 프리즘으로 갈라진 빛만큼 다양하다. 양심이란 자기 이해에 들어맞는 관념 이외에 아무것도 아니다. 그러나 그들도 양심을 버리기보다는 지니고자 한다. 아예 양심을 없애고 사는 종류는 완전히 무식하고 멍청한 양아치밖에 없다. 그래서 이들의 운명은 차가운 교도소이다. 교도소와 고급 아파트의 차이는 "없는 양심"과 "다양한 양심"이다. 그리고 단일한 양심과 다양한 양심은 허름한 셋집과 고급 주택에 대응한다. 성공한 사람들이 일견 쓸모없어 보이는 양심을 여러 색깔로 갖추고 있는 이유는 그것이 가치 있다거나 스스로 양심 없이는 못살기 때문이 아니다. 사회적 성공을 위해 양심을 버려야 한다고 공공연히 말하는 사람들은 어린아이보다도 더 철없는 사람들이다. 사회는 솔직함과 허심탄회함을 싫어한다. 사회는 전체적으로 위선이라는 가면을 쓰고 있다. 무능한 자기 자신과 가난하고 도움 안 되는 부모라는 불운을 벗어나고자 애쓰는 사람은 매우 애매한 상황에 처한 스스로를 발견한다. 일관된 양심도 안 되고 양심이 없어서도 안 된다.

다양한 양심이 해결책이다. 이것이 바로 "의미의 가면"이다. 예를 들어 야릇한 운명이 인도로 당신을 데려갔다고 하자. 쇠고기를 탐식하는 것은 불경한 만행이라는 듯한 오연한 가면을 써라. 이러한 가면은 당신이 의미에 가득 찬 삶을 살아간다는 느낌을 인도의 힌두교도들에게 심어줄 것이다. 이제 모든 일이 술술 풀린다. 쇠고기 기피의 근원적 의미는 당신 정도의 지성으로는 알 수도 없고 또 알 수 있다고 해도 알 필요도 없다. 단지 그 터부에 심오함을 부여한다는 가면이면 충분하다. 의식 있고 양심적이며 규범을 존중하는 사람이다.

대부분의 환경운동가들이나 좌파운동가들이나 시민단체의 종사자들이 한결같이 의미에 가득 찬 표정 ─ 이것이 바로 의미의 가면인 바 ─ 을 하고 있는 소이는 여기에 있다. 사회경제적 경쟁에서 패배한 사람들, 그러나 권력에의 요구와 물질에의 탐욕은 누구에게도 뒤지지 않는 사람들이 보통 여기에 투신한다. 한쪽에서 일등이 될 수 없으니 다른 쪽에서 일등이 되어 보려 한다. 재밌는 세상이다. 야비함으로 성공하고 또 다른 야비함으로 헐뜯고. 어쨌든 성공 여부는 어느 정도로 능란하게 그리고 어느 정도로 그럴듯하게 제작된 가면을 쓰느냐에 달려있다.

먼저 의미의 가면을 덮어쓰고, 의미에 가득 찬 장엄한 음성으로 민중이나 고향이나 농민이나 노동자나 부모를 들먹이면 이제 타고난 무능과 불운이 극복된다. 절대로 분수를 알 필요가 없다. 성공은 분수를 모르는 뻔뻔하고 오만한 자의 것이다. 줄리앙 소렐이 죽임을 당한 것은 분수를 몰라서가 아니라 마지막 순간에 가면을 벗었기 때문이다. 감상에 젖은 한심한 녀석이었다. 부탁하건대 가면 없는 민얼굴이나 맨 양심으로 세상을 살아나갈 생각을 말라. "존재하는 그대로 존재하는 것"이란 거짓말은 기득권자들이 본 적도 없는 신을 빙자해서 그들 탐욕을 채우기 위해 만들어낸 공허한 헛소리이다. 존재란 실존 이외에 아무것도 아니다. 가면이 곧 실존이다.

가면의 종류와 효능에 대한 학구적 정립의 시도는 일단 여기에서 끝난다. 마음에 새겨야 할 것은 가면학이 여기에서 멈춘다 해도 가면의 종류와 효능이 기술한 것에 지나지는 않는다는 사실이다. 누차 이야기해온 바와 같이 삶 그 자체가 가면이다. "세상은 커다란 무대"이고 "인생은 방금 시작된 연극"이다.

물론 가면적 삶에 대한 적극적인 옹호가 어떤 선량한 사람들의 마음을 아프게 할 수도 있고 공포스럽게 만들 수도 있다는 것을 안다. 가지지 않은 것을 흉내 내기보다는 가진 것의 한계 내에서 살려고 애쓰는 사람들이 있다. 그들은 소박하고 분수를 안다. 그러나 세상은 이러한 사람들의 것이 아니라 능란한 가면 착용자의 것이다. 이 "논문" 역시도 그러한 선량한 사람들을 — 가면을 쓸 줄 모르기 때문에 평생 짓밟히고 살아가는 — 대상으로 했다. 안타까움과 애처로움을 담아 그 사람들에게 무엇인가를 가르치려 애쓰고 있다. 선량하기 때문에 항상 악동들에게 맞고 들어오는 자기 자식에게 "왜 너는 같이 싸우지 못 하느냐!"고 소리치는 부모의 심정으로.

정의가 부정의를 이긴다는 금언은 그냥 헛소리이다. 부정의가 정의를 이긴다고 말한다면 이것도 빌어먹을 개소리이다. 인과 혼동의 우를 범하지 말라. 결론은 다음과 같다. 이기는 쪽이 정의이고 패배한 쪽이 부정의이다. 가면을 쓴 사람들이 승자이면 그들이 선이고 그들이 정의이다. 부디 보편을 구하지 말라. 그런 것 구하다가 처자식 거지 만든다.

그럼에도 불구하고 여기에서 그치는 것은 이 정도는 이미 알고 있을 뿐만 아니라 사용해온 지 이미 오래라고 잘난 사람들이 자꾸 짖어대기 때문이다. 자기들만이 독점적으로 가면을 쓰고자 한다. 시샘할 필요 없다. "늦게 배운 도둑질이 날 새는 줄 모르는 법"이고 "중이 고기 맛을 알면 절간에 빈대 벼룩이 남아나지 않는다."는 것은 후발 경쟁자의 무서움을 은유하는 속담이다. 지금도 늦지 않았다. 아시다시피 늦었다고 생각하는 때가 가장 좋은 때이다. 그리고 그 잘난 사람들보다 여러분이 유리한 입장인 것은 여러분은 체계와 구성을 갖춘 학¹으로서의 "가면 쓰기"에 대해 알고 있다는 것이다. 인생의 여러 승리는 결국은 "기본기"에 달린 것이고 아카데미시즘 외에 어디서 기본기를 습득할 수 있겠는가? "그들"이 기교를 습득할 때 여러분은 기초를 튼튼히 하면 된다. 제시된 가면학을 서너 번은 읽어서 금과옥조로 삼아야 함은 물론 실천에 의한 실습도 따라야 한다.

시간과 지면이 허용하는 대로 다시 새로운 가면을 제시할 것이다. 그것들은 암시의 가면, 지명도의 가면, 감상의 가면, 위선의 가면, 심미적 가면, 복장의 가면 등등이다. 이 새로운 여섯 개의 가면은 중급 과정에 속하는 것으로 우리나라의 중산층들이 능란하게 사용하는 종류이다. 노력에도 불구하고 중산층조차 되지 못하는 운명에 처해 있다면 마지막의 고급 과정을 이수하면 된다. 그렇게 되면 최소한 소시민의 삶은 영위할 수가 있다. 아직은 때가 아니다. 사회 지도층 인사의 운명일지도 모르는 것이니 일단 초급 과정부터 이수해야 하지 않겠는가? 운명이 도우면 공부는 덜해도 된다. 잘난 사람들이 개나 돼지처럼 무식한 이유는 그들이 좋은 운을 타고났기 때문이다.

마지막으로, 있을지도 모르는 어리석은 질문에 대한 답변을 미리 하겠다. 어떤 얼빠진 놈인가가 나서서 "당신은 지금 우리를 비꼬고 있다. 나는 어느 정도 그렇다는 확신이 있다. 당신이 진정으로 우리를 하나의 수범垂範으로 칭찬한 것이라면 왜 '게거품'이라든가 '꽹과리'라든가 '짖어댄다'는 따위의 품위 없는 언사를 사용하느냐?"고 항의한다. 제 깐에 덤빈다고 하자. 나는 형식보다는 내용을 보라는 충고를 하겠다. 그리고 표현 능력이 미천한 것과 심미적 안목을 해친 것에 대해 사과하겠다. 그래도 계속 고집스럽게 의구심을 품는다면 어느 고매한 스님의 말씀을 빌려 답변을 대신하겠다.

"달을 가리키면 손가락을 보아야지, 왜 달을 보는 거야!"

2

유감이다

눈과 생각

　내 눈은 기능이 떨어진다. 시력이 떨어진단 말이 아니다. 눈이 나쁘게 태어나지 않았고 독서를 많이 하지도 않았다. 책 읽기를 좋아하지 않는다. 따분하다. 헤로인으로 옮겨 가면 마리화나하고는 이별이다. 박진감 있는 책을 젊었을 때 읽고 말았다. 그러니 나머지 책들이 좀 덜떨어진 것들이라는 사실을 눈치채고 말았다.

　"글쎄요? 베르그송의 창조적 진화나 비트겐슈타인의 논리철학논고는 어떨까요?"

　나의 책 추천이다. 좌중이 떨떠름해진다. 아니 그 고색창연한 구닥다리를! 그러나 나는 못을 박는다.

　"왜 많이 읽어야 하지요? 책을 고르는 수고를 왜 하지요? 고전을 읽었는데 다른 책 읽을 필요가 있나요? 고전을 읽었다면 이제 좀 쉬어도 됩니다. 심심하면 영화나 보러 다니세요. 아니면 연애를 한번 해 보거나. 아니면 읽은 고전을 되새기거나. 고전은 한번 읽으란 책이 아니니 여러 번 읽는 것도 좋고. 고전을 읽었다면 대부분의 독서를 이미 한 겁니다. 여러분 중에 순수이성비판 읽은 사람 없는 거 알아요. 이런 책을 안 읽고 책 추천해 달라니 옆에 보물을 두고 멀리 헛것을 찾는 격입니다. 고전을 안 읽었다면 독서를 안 한 것이니 그것부터 읽으세요."

독서목록을 만들라치면 고전 목록을 만들면 된다. 200여 권의 책으로 충분하다. 젊었던 시절에 《창조적 진화》를 서너 번 읽은 거 같다. 우아함, 심오함, 호쾌함, 명석함... 매혹적인 많은 것들이 거기 있었다.

나의 눈의 모자란 기능에 대해 말할 때 그것은 눈이 외부 세계에 대해 개방적이지 않다는 사실을 말한다. 그림을 모사하거나 낙서를 하는 때를 제외하고는 — 의식적으로 감각을 사용하고자 하는 때를 제외하고는 — 눈이 도통 제 기능을 발휘하지 못한다. 감각은 안으로 움츠러들려 하고 잠들려 한다. 주인공들의 동작이 민첩하거나, 복잡한 사건들이 빠르게 진행되는 영화나 극은 보나 안 보나 마찬가지이다. 뭘 보는지 모르고 본다. 정신이 하나도 없다.

지성이 자꾸 감각을 종합하려 하지만 내 지성은 느려 터져서 사건 전개의 추이를 못 따른다. 그러니 어안이 벙벙하다가 영화 한 편이 끝난다.

어린 시절에는 지나쳐 가는 동네 어른들에게 인사 안 했다고 혼난 적이 있는데 마침내는 나의 부친 곁도 그냥 스치고 지나가는 사건이 발생했다. 아버지는 비관하셨다. "내가 아는 척하기 창피한 아버지냐?"고 진지하게 물으셨다. 나는 한참을 멍하니 부친 얼굴만 바라봤다. 무슨 영문인지 몰라서. 내 눈이 불효였다. 이 오해의 불식에는 시간이 좀 걸렸다.

나 자신도 포기 상태가 되었다. 내 감각은 생존에 별 도움 되지 않는다. 감각이 무기였던 구석기 시대였다면 나는 무조건 도태됐다. 이 눈으로 무슨 수렵과 채집을 했겠는가? 딸기 덤불도 지나치고 사과나무도 지나치고 사슴 떼도 지나치고 들소 떼도 지나치고. 그나마 목숨을 부지하는 것은 문명 시대에 태어난 덕분이다.

찻길인지 인도인지 구분 못 해서 종아리뼈가 부러진 채로 한 달쯤 병원에 있어 볼 노릇이다. 자신의 문제가 이제 생사의 문제에 이른 것을 알게 된다. 통증의 문제도 생사 문제에 못지않다. 수술이 끝난 후의 아픔은 견디기 어렵다. 의사가 하느님이고 간호사가 수행 천사다. 진통제 주사는 구원자다. 애걸복걸한다. 통증이 오면 품위고 뭐고 다 달아난다.

이런 경우 사람들로부터 얻는 평가는 "멍청한 놈" 정도이다. 아무리 많은 자부심을 갖고 있어도 소용없다. 건널목도 아니고, 차가 정체되는 곳도 아닌 길을 멍하니 건너다가 사고가 났다. "개가 건너기에 나도 모르게 따라갔다." 운전기사와 보험회사 직원과 의사와 간호사 모두가 들었다. 놀라는 표정. 퇴원하면 정신과로 가보라는 의사의 야유. 생각 없는 행동은 대체로 모방이다. 바퀴벌레가 하수구로 들어가면 따라 들어 갈 것이다. 기사분께 얼굴을 못 들었다. 부친, 모친 모두 몸 둘 바를 몰라 했다. 보험사 직원은 이런 사유로 보험금 지급은 불가하단다. 돈도 꽤 들었다. 이 이후로 다행히 교통사고는 없었고 이렇게 생존하여 글도 쓰고 있는 바이다.

이런 것은 큰 사건에 속하는 것이어서 가족 모두를 심란하게 만들었지만, 그 외에 나만 아는 일상적인 망신은 헤아릴 수 없을 정도다. 기차를 탈 일이 있어 청량리역사로 나간 적이 있다. 외로운 여행을 하곤 했다. 감상에 젖어서. 화장실을 찾으니 줄이 어마어마하게 길었다. 봄날이었고 화창한 일요일이었다. 나는 교양 있는 시민으로서 줄 뒤로 가서 얌전히 섰다. 내 감각은 조용히 잠들었다. 눈뜬장님이 되었다. 아마 무슨 쓸모없는 백일몽에 잠겼겠다. 줄을 따라가고 있을 때 내 주위 사람들의 눈초리와 입이 바빴을 것이다. 나만 눈치채지 못하고 있었다. 내 차례가 되었구나 하는 순간, 어느 할머니의 날카로운 외침. "아니, 웬 남자가 여기 있는 거야!" 그냥 집으로 되돌아 왔고 그날 저녁 편두통으로 앓았다. 화장실이라는 것은 확인했으면서 줄 서 있는 사람들의 성이 내 쪽이 아니라는 것은 보지 못했다.

다른 실수는 웃음으로 넘길 수 있지만, 교통사고나 화장실 실수는 작은 문제가 아니다. 전자에는 생사의 문제가 달려 있고 후자에는 망신의 문제가 달려 있다. "다음에는 절대로 실수하지 말아야지." 하는 굳센 결심도 소용이 없다. 또 저지른다. 들어갔다가 소변기는 찾지 못하고 생리대 판매기만 발견하고는 도로 나오는 사건이 몇 번 더 있었다. 여성분들은 얼마나 어이없었을까. 웬 남자가 눈꺼풀을 반쯤 감은 채로 태연자약하게 자기들의 성역으로 들어오니. 아직까지 여자 목욕탕에 들어간 적은 없다. 그나마 위안이다.

이것이 나이 육십 깔아 놓은 내가 아직도 애 취급을 받는 이유 중 하나다. "물가에 애 내놓은 기분"이란다. 그러나 누가 아무리 걱정한다 해도 본인만큼은 아니다. 나 자신이 한심스럽고 불안하기 짝이 없다. 원죄 의식에 잠겨 산다. 뭔가 잘못되었다면 내 탓이다. 나를 원망할 준비가 되어 있다. 주변이 웅성거리면 벌써 불안하다.

이러한 증세는 기억하기도 어려운 까마득한 어린 시절부터 있었던 것인데 그중 다음과 같은 선명한 기억이 있다. 이 망신은 "잠드는 감각"의 초기 역사에 속하는 것으로 학교에서 나를 유명한 학생으로 만들어줬다.

고등학교 교장 선생님은 별나게 엄격한 분이었다. 여러 가지로 유명한 분이었다. 교육자로서의 유능성으로 유명했고 별난 엄격함으로도 유명했다. 부임하자마자 까만 구두 이외에는 어떤 신발도, 심지어는 검은 운동화도 착용할 수 없다는 새로운 교칙을 정했다. 엄격한 사람이 꼼꼼하기까지 하면 밑에 사람 죽는다. 교장 선생님이 그랬다. 심지어는 처벌도 몸소 하셨다. 그분께 싸대기 처맞은 동창이 꽤 된다. 그분은 교무주임이나 교련 선생이 할 일을 직접 할 정도로 몸을 낮출 줄 알았다.

어떤 시절인가? 교복에 훅을 채우지 않았다는 사실만으로도 교무실에 끌려가서 늘씬 얻어맞던 시절이었고 여동생과도 외출하기 무서웠던 시절이었다. 여학생과 함께 있다는 사실만으로도 ― 그 여학생이 누구이건 ― 사형 선고를 받기에 충분했다. 그 여학생이 누구였느냐는 검증도 필요 없었다. 심지어 초등학교 여동생이라 해도 큰일 난다. 다짜고짜 맞는 것으로 시작한다. 해명해도 소용없다. 성질 급한 교무주임의 손이 이미 뺨을 서너 차례 쓰다듬었다.

지금이야 훌륭한 교육 덕분에 젊은 학생들이 자기 의무는 모를지라도 자기 권리와 인간 인권에 밝다. 절대 맞고 있지 않는다. 그러나 무지몽매했던 우리는 엉덩이에 매를 달고 살았다. 젊은 독자들은 그 엉터리없는 교칙을 믿을 수 없겠다. 그러나 엉터리없는 일이 많기 때문에 과거이다. 오늘의 당연한 일들도 미래의 눈으로는 엉터리없다. 도덕률은 경도와 위도와 연도에 따른다.

다른 종류의 신발을 신는다는 것은 목숨을 걸어야 할 만한 것이었고 우리 학교의 가장 별난 놈들도 별수 없이 착실하게 까만 구두를 신고 다녔다. 안 그랬다 걸리면 뺨이 몇 개래도 부족했다.

어느 어스름한 겨울날 아침 콩나물 버스 속에서 이리 치이고 저리 치이며 등교했다. 우리 학교 정류장 다음 정류장에 중고등학교가 하나 있었고 그다음 정류장엔 중고등학교뿐 아니라 대학까지 있었다. 정신이 없었다. 얼얼한 채로 오전이 간다. 2교시가 끝날 때까지 무엇이 잘못되었는지 몰랐다. 3교시는 군사훈련(교련)이었고 그것도 세 반이 합반을 하여 분열 등의 제식훈련을 연습하는 시간이었다. 곧 제식훈련 심사가 있었다. 교장 이하 높으신 분들이 참관한다. 교련복으로 갈아입는 순간 주위의 친구들이 아연한 표정을 지으며 폭소를 터뜨렸다. 신발이 제 짝이 아니다!

한 짝은 검은 내 구두, 다른 한 짝은 갈색 구두. 적어도 한 번은 화장실을 다녀왔을 텐데 몰랐다. 모든 놈들이 즐거워했고(의리 없는 놈들), 전교에서 나 모르는 학생이나 선생이 없게 되었다. 교련 선생의 솥뚜껑 손이 인간의 뺨에 얼마나 가혹할 수 있는가를 체험했다. 끝난 것이 아니었다. 내가 지나가면 수군대는 소리와 웃음소리가 들려왔다. 불어 선생님이 미웠다. 내 얼굴을 볼 때마다 자지러지게 웃었다. 우리 학교의 유일한 여선생님. 모든 학생의 로망이었던 선생님. 나는 어떻게든 마주치지 않으려 애썼다. 수줍어하는 숫기 없는 학생이었던 나는 전학 좀 시켜달라고 부모님을 졸랐다. 실수가 무슨 큰 죄인가? 그러나 당시에는 나 자신이 정말 미웠다. 자괴감에 시달렸다.

그날의 이야기는 이것이 끝이 아니다. 내 망신은 내가 자초한 것이지만 멍청한 아들놈 때문에 억울한 망신을 당한 우리 아버지는 어찌해야 하는가? 당연하다는 듯이 남아 있는 구두를 신고 갔으니. 전직을 고려하지나 않았는지. 아무튼 아버지는 그날 새 구두를 샀고 신발장 안에 넣었다. 검은 놈으로. 수십 년이 지난 오늘도 그날의 기억은 선명하다. 군대 생활 때 검은 전투화를 신었다. 그 이후로 검은 구두는 신지 않았다. 그날의 악몽과 교련 선생님의 폭압 때문. 그래서 내 구두는 모두 갈색이다. 그냥 갈색, 옅은 갈색, 짙은 갈색, 적갈색, 흑갈색, 황갈색, 줄무늬 갈색, 호랑 무늬 갈색, 메시 갈색.

철학적 명상에 잠기기 때문에 감각이 잠든다면 할 말이라도 있겠다. 그렇다면 자신에게나마 떳떳하겠다. 절대로 아니다. 나도 그러한 것이 있다는 것은 알고 있고 그 분야 자료도 들춰봤다. 건망증에 대한 것. 탈레스가 우물에 빠졌다든가, 뉴턴이 끓는 물에 계란 대신 회중시계를 집어넣었다든가, 아인슈타인이 자기 집을 못 찾았다든가 등.

내 실수는 천재들의 실수와는 다르다. 실수도 격이 있다. 내가 감히 어떻게 실수나마 그들과 공유하겠는가? 나름의 철학적 사변에 빠져든다 해도 사색을 위해 감각을 잠재워본 적은 없다. 그냥 잠들고 하릴없이 멍해진다. 상대 시공간의 문제라거나 미국의 패권주의라거나 유럽의 테러 등의 커다란 문제를 생각하느라고 내 감각이 잠든다면 나 자신이 대견스럽기라도 하겠다. 오히려 원인과 결과를 바꾸어 생각하는 편이 옳다. 감각이 잠들기 때문에 여러 생각에 빠져들곤 한다.

그 여러 생각이란 말하기조차 부끄러운 하잘것없는 희망이거나 망상이다. 살 수 없는 삶을 꿈꾼다. 탐험가가 되어 안데스의 어느 벼랑 위에 서 있기도 하고, 농부가 되어 거대한 농지를 갈기도 하고, 꿈꿔왔던 오디오가 내 것이 되기도 하고... 그리하여 특별히 할 일이 없는 경우에는 잠든 감각과 더불어 "백일몽 과잉 증후군"에 빠져서 도서관을 찾기도 하고 거기서 낙서로나마 잠든 감각을 되살려보기도 한다.

　그날의 화장실 실수는 더 이상 전과 같은 인생을 살아서는 안 되겠다는 결심을 하게 만들었다. 그 문제가 별스레 치명적이어서가 아니다. 사실 나이 때문이다. 이 문제를 덮어두고 지낼 수는 없다. 그 원인을 규명해 보고 교정할 수 있으면 교정해 보자. 새로운 인생을 살아보자. 이러한 결심이 갑작스레 찾아온 것은 그 실수가 유난히 큰 것 때문은 아니었고 단지 늙어 가면서까지 망신을 당하기 싫었기 때문이다. 실수의 손해는 채신 유지를 힘들게 만드는 것이다. 아무리 근엄한 표정을 짓고 아무리 눈을 야무지게 뜬다고 해도 실수 한 번이면 모든 것이 끝난다. 내가 아직 나보다 어린 사람보다는 나이 든 사람이 더 많은 그러한 나이일 때에는 그래도 괜찮지만, 그 반대일 경우에는 실수는 추태이고 더 이상 애교로만 보아줄 수 없는 것이 된다.

　그날의 일을 끝내고, 대학 도서관의 참고 열람실에서 매머드의 도판을 베껴 그리며(그림을 베끼면서 여가를 보내는 것이 취미 가운데 하나이다) 저녁을 보내겠다는 생각으로 버스를 탄 것은 오후 3시쯤 사당역 근방이었다. 항상 그래 왔던 것처럼 내 감각은 조용히 잠들었다. '운전 따위를 안 하기는 정말 잘했다', '이렇게 앉아만 있으면 원하는 목적지까지(그날의 경우는 도서관 코밑에까지) 데려가

주니 얼마나 좋은가' 등의 생각을 하기는 한 것 같다.

얼마가 흘렀는지 모르겠다. 내 감각이 되살아온 것은 어느 유명한 호텔 앞이었다. 왜냐하면, 기사 아저씨가 무어라고 큰소리를 질렀으니까. 이제 종점이니 내리라고 한 것 같다. "자, 내리세요. 종점입니다." 웬일인가? 누추하고 꼬질꼬질한 학교가 아니라 번쩍거리는 갈색 대리석과 제복을 잘 차려입은 도어맨들의 세계였다. 그쯤 되었으면 나의 실수를 깨달아야 했다. 그러나 그만 한 걸음 더 나가고 말았다. "아저씨 학교는 많이 남았어요?" 그 기사의 표정은 "세상에 이런 바보는 처음 본다"라는 놀람을 언어 이상으로 잘 표현하고 있었다.

이것은 태만이나 게으름과는 다른 종류이다. 내가 모든 것을 귀찮아하는 사람이므로 나의 감각을 사용하는 것조차 싫어하는 것이 문제의 전부라면 DNA의 이중나선을 꼼꼼하게 복사하는 데에서 얻는 즐거움은 무엇인가? 또한, 나 역시 남 못지않게 부지런한 사람이고 호기심도 많은 사람이다. 이것저것 읽기도 좋아하고 배우기도 좋아한다.

하긴 때때로 어떤 태만의 문제를 겪기도 했다. 한때 낚시를 좋아했다. 문제가 발생하곤 했다. 트렁크를 열어보고는 "아차!" 한다. 무엇인가 빠뜨렸다. 어떤 때는 릴을 빼먹고 다른 때는 낚싯대를 빼먹고 심지어는 릴과 낚싯대를 다 빼먹고. 무심하고 태평하게 실수를 저지른다. 웃기는 건 점검도 한다는 사실이다. 트렁크를 내려다보고는 만족해한다. "음, 다 챙겼구먼."

릴을 새로 사거나 낚싯대를 새로 살 때는 꼼꼼하게 살핀다. 또 이리저리 예비사용도 해 본다. 여기에서 실수는 없다. 무슨 소용이 있는가? 잘 사놓고는 빠뜨리고 오는데. 나의 마음은 이미 낚시터와 물고기에 가 있다.

일단 관찰하고 살펴보고자 마음먹을 때는 나의 눈 역시도 다른 사람의 것 못지않다. 쓸데없이 부지런을 떨어서 문제이지 부지런 자체가 없지는 않다. 또 너무 수선스러워서 실수를 한다고도 생각하지 않는다. 오히려 약간은 꼼꼼한 성격이다. 내 성적표의 생활 평가에도 그렇게 나와 있다. 꼼꼼하고 책임감 있다고. 적어도 덜떨어진 놈은 아니다.

문제는 마음에 있다. 눈은 멀쩡히 뜨고 있고 귀도 열려 있지만 나의 마음은 거기에 어떠한 적극적인 의식도 부여하지 않는다. 그렇다면 나의 마음이 감각에 의식을 부여하지 않을 때 어디에 의식을 부여할까? 이 의문에서 길이 막혀 이리저리 헤맸다. 나의 의식 역시도 다른 사람의 의식 못지않게 활발하고 적극적인데 감각이 잠든다면 그것은 의식 자체가 없어서가 아니라 의식이 다른 방향을 향하기 때문이다. 어디를 향하는가?

연구 좀 했다. "관념"이 아닌가 한다. 51번 버스를 타면 학교에 갈 수 있다고 할 때 51번이라는 기호적 관념에는 마음을 쓰지만 감각이 요구되는 방향에는 상대적으로 마음을 덜 쓴다. 버스나 기차를 탈 때 스쳐 지나가는 풍경에는 별로 마음 쓰지 않는다. 자리를 잡자마자 딴생각에 잠긴다.

헤겔을 공부한 적이 있다. 돌이켜 생각하면 열불이 치민다. 별로 연구할 가치가 없는 사이비 철학자이다. 쇼펜하우어가 그에게 화낸 이유가 있었다. 그의 글은 선명하거나 간결하지 않다. 독일 관념론자 특유의 그 허장성세! 도서관 복도를 왕복하며 생각에 잠겼다. 많은 사람이 내 앞을 오갔다. 물론 눈인사를 했다. 심지어 예쁜 아가씨와도 했단다. 그러나 전혀 기억나지 않았다. 관념이 감각을 밀어내 버렸다. 물론 감각 역시도 전적으로 수동적인 것만은 아니다. "우리는 보고자 하는 것을 본다." 그렇다 해도 관념에 비해 상대적인 수동성을 가진다.

가설을 만들었다. 검증을 하자. 저질렀던 실수 중 빈번한 종류의 것을 위의 가설을 기준으로 분류해보았다. 놀랍게도 대부분의 실수가 이 범주에 든다는 것을 발견했다. 어린 시절에 교실을 잘못 찾아 들어가는 실수를 자주 저질렀다. 엉뚱하게 남의 교실로 들어가서 태연자약하게 내 자리를 찾아 앉는다. 그런데 이 실수의 특징은 반을 틀리는 경우는 거의 없다는 것이다. 내가 3학년 때 3

반이었다면 나는 2학년 3반 교실이나 1학년 3반 교실에는 갈망정 옆의 교실로 들어가지는 않는다. "3반"이라는 것이 관념상에 맺혀서 2반이나 4반 교실로(그것이 오히려 가까이 있음에도) 들어가는 것을 막아 준다. 그러나 이것은 "3반"이라면 아무 교실이나 가리지 않고 들어가는 실수를 저지르게 만든다. 그래서 의젓하고 노련한 3학년 학생이 아직도 솜털이 보송보송한 1학년 학생의 자리를 빼앗고 앉아서 그 학생을 곤란하게 만들기도 했고 애송이 1학년 주제에 3학년 교실에 의연하게 들어가서 하늘 같은 선배님들의 콧구멍을 간질이기도 했다. 쫓겨 날 때엔 머리가 띵하다. 창피해서.

또 다른 실수는 우리 어머니가 소위 "지하철 백치"라고 이름 붙인 것인데 지하철이나 버스의 안내 방송이 잘못 나오는 상황에도 무조건 그것을 따른다는 것이다. 대부분 경험했겠지만 안내 방송은 가끔 틀린다. 그래도 사람들이 대체로 실수 없이 자기 역에서 내리는 것은 아마도 방송에서 나오는 언어 이상으로 자기의 시각적 감각에 신경을 쓰기 때문이다. 내 경우에는 눈은 쓸모가 없으므로 멍하니 있다가 익숙한 역이 방송으로 나오면 허겁지겁 내린다. 그러고는 무능을 탓하기보다 안내 방송을 탓한다.

몇 년 전에 어머니와 지하철을 함께 타고 어딘가에 가다가 한 젊은이가 무심코 내렸다가 놀란 표정을 짓고 다시 승차하는 것을 본 적이 있다. 어머니는 웃지 않으려 애쓰며 내 얼굴을 빤히 보았다. "너 같은 놈이 또 있구나."를 의미한다는 것은 물론 말 안 해도 안다. 그러나 그 날은 안내 방송이 어쩐 일인지 없던 날이다. 그러므로 그 사람은 나와는 다른 종류의 실수꾼이다. 실수를 하는 것은 같지만 그 원인은 다른 데에 있는 것이니 내 경우는 아니다. 그러나 多:一 대응도 함수라는 것을 생각하면 그 사람도 나와 동일한 인과율에 묶여 사는 사람이다.

최악의 실수. 비가 왔고 우산을 들고 있었다. 비와 우산은 관념상 묶여 다닌다. 물론 우산을 폈다. 지하철을 탔을 때에도 계속 우산을 쓰고 있었다. 관념의 특징 중 하나는 견고성이다. 유연하지 못하다. 우산을 폈으면 접기도 해야 한다. 비가 오면 펴고 그치면 접고. 그러나 인식이 비의 그침을 명백히 말해 주지 않으면 접지 않는다. 감각은 작동을 안 한다.

누가 말해줬으면 좋을 뻔했다. 그러나 미친놈에게 조언하기는 꺼려진다. 괜히 망신당한다. 피하면 된다. 내 우산은 사람들을 밀어냈다. 핵이 전자를 밀어내듯. 얼른 내렸다. 이 정도 실수는 재앙이다.

이러한 종류의 실수의 예가 많다는 것이 가설에 대한 신념을 확고하게 만든다. 상대적으로 안내 방송이 많이 틀리는 2호선 전철에서는 더 많은 실수를 저지른다거나 길눈이 남다르게 어둡다거나 인간관계에서도 눈치가 전혀 없이 말만을 믿는다거나 여성의 마음에 대한 통찰이 전혀 없다시피 하다거나 ― 여성의 경우 그 언어가 대체로 자기 마음을 배반하는 것으로 보아 더욱 중요한 실수로서 이것이 여성과의 관계에 있어서 젊은 시절 나의 무능의 원인인바 ― 군대에서 고문관 짓을 혼자서 다 한 것은 모두 이 같은 동일한 성격의 실수(관념을 지나치게 믿는)를 말하고 있다. 그 반면에 관념만이 요구되는 일에는 실수가 없다는 것도 가설의 한 증거이다. 예를 들면 시험에서 실수를 하거나, 말할 때 실언을 하지는 않는다. 한 잔쯤 걸치고 시험을 치러도 실수는 없다.

관념에 매몰될 경우 문맥을 놓친다. 또한, 심리적 통찰도 놓친다. 삶은 문맥상에 있다. 그러나 관념은 단어와만 관계 맺는다. 술래에게 "여기 아무도 없어요."하고는 안심한다. 부재라는 단어를 말했으니 술래가 자기를 찾아내면 안 된다. 내가 많이 듣는 말들은 "말해줘야 알아?"라거나 "눈치가 없네."이다. 독심술이라도 배워야 하나...

인류의 문명 ― 외계인의 다른 종류의 문명이 있다 치고 ― 은 인간에게만 (현재까지로 보아서) 가능한 추상화와 기호화 위에 기초해 있다. 인류라는 종은 실제의 사슴 대신에 그 표상을 그려서 제시했다. 문명은 이때 시작됐고 한 걸음 더 나아가 "사슴"이라고 하는 순수하게 기호화된 언어를 사용했을 때 폭발했다. 지성은 표상이 나타나기를 어둠 속에서 기다렸다가 그 가능성을 끝까지 밀고 나가서 수학적 기호도 창조하고 건물의 설계도도 그리고 주민등록번호도 만들고 나로 하여금 어처구니없는 실수도 하게 만들었다.

기호와 인간의 관계는 이것 이상이다. 인간이란 기호를 창조하고 통제하는 능력이다. 추상과 인간은 같이한다. 과장하자면 기호체계가 곧 인간이다. 인간이 있다면 이미 거기에 추상이 있고 또 무엇인가의 추상은 이미 인간을 가정한다. 미개한 인간이 서서히 깨어나며 추상능력을 갖게 되었다는 인류학자들의 가설은 웃기는 소설이다. (본래 인류학이 웃기는 학문이다. 아마존이나 남태평양을 뜬금없이 들쑤셔 놓는다) 미개한 인간이란 단지 상대적인 개념이다. 동시대에 존재하는 인간군 중 미개한 군이 있다. 그러나 과거의 어떤 시대의 인류가 단지 과거에 속하기 때문에 미개하다고 할 수는 없다. 그렇다면 우주왕복선을 띄우는 나사의 인간군도 몇 천년 후에는 미개하다. "미개한 인간"이란 형용모순이다. 인간 일반이 미개할 수는 없다. 그렇다면 그 종은 이미 인간이 아니다.

상징의 사용은 우리 조상들에게 만족감과 자신감을 주었겠다. 세계를 자신의 상상 속에서 다루게 되었다. 심지어는 상징을 사용해서 그 상징의 실재에게 영향을 미칠 수 있다고 믿었다. 이것이 인과율의 기원이다. 우리가 수학적 기호를 다룰 때의 만족감도 이러한 지적 성향과 다르지 않다. 추상화와 일반화를 향한 능력과 기호의 이해와 사용에 있어서의 유능성이 현재의 문명에서는 인간의 지적 능력을 평가하는 기준이 되었다. 자연에 대한 직접적인 힘의 행사는 산업혁명 이래로 기계들이 대신하게 되었고 인간은 그 기계를 다룰 수 있으면 된다. 기계를 작동시키는 메커니즘은 상징화된 기호들의 배열과 순서에 의해 가능하게 된다. 우리가 보통 지능검사라고 부르는 것은 기호의 사용 능력과 추상화 능력의 검증 이외에 아무것도 아니다. 그러나 잃게 되는 것이 없는 획득만을 용인하지 않는 것이 자연이다. 자연으로부터의 유리는 더욱 진행되었고 간빙기를 살았던 구석기인들이 지녔던 예리한 감각은 많이 잊히게 되었다. 그들은 자연에 속한 사람들로서 거리낌 없이 자신의 감각에 몸을 맡겼다. 그렇지 않다면 생존하지 못했다.

그러한 감각을 되찾은 것은 수만 년의 세월이 다시 흘러 많은 천재들이 새로운 시지각을 우리에게 제시했을 때였다. 인상주의자들은 자연의 종합을 의심했다. 그 종합이 실재와 맺고 있는 관계에 대해 그들은 의심했다. 그들은 감각에 몸을 맡기다 못해 스스로를 자연의 일부로 만들었다. 그러나 나는 평범하다 못해 "너무" 평범한 사람이고 교육받은 것만을 지나치게 믿은 사람이다. 나는 계속 기호적 인간이다.

상징과 표상과 기호에 대한 무조건적 믿음이 실수를 저지르게 만든다. 어떤 곳인가를 찾아가야 하면 지도부터 살핀다. 생각할지도 모르겠다. 꼼꼼하고 준비성 많은 사람이라고. 천만의 말씀이다. 상징에 대한 훈련된 믿음이 감각을 무디게 만들었고 길눈을 장님으로 만들었으니 그 불안감이 지도나마 들춰보게 만든다. 시골길을 갈 때에는 처음 가보는 길이라 해도 상대적으로 잘(남보다) 찾아간다. 지도가 통한다. 지도를 보는 것 자체가 즐거움이다. 캐나다 시절에는 심지어 캐나다 전도를 벽에 붙여 놓았다. 그러고는 지도를 따라 이 길 저 길을 다닌다. 상상 속의 여행. 새로운 곳에 간다 해도 완전히 낯설지는 않다. 지도로 이미 와 보았으니까. 실수도 거의 없다. 교차로에서 길을 잘못 드는 일도 거의 없다. 잘난 체할 수 있다. 기고만장해서 "Atlas Jo" 라고 불러 달란다.

그러나 서울과 같이 지번을 믿고 어딘가를 찾아간다는 것이 불가능한 도시의 경우에는 지도란 별 도움이 안 되는 것이고 오로지 믿을 것은 감각과 경험뿐이다. 이것이 어렵다. 어딘가를 찾아가 본 적이 있다는 경험은 기억 속에 축적되지도 않고 새로운 요구에 부응해주지도 않는다. 감각의 기억이라는 보물창고가 없고 상황은 창시적 조건에 놓인다. 이것이 가장 극적으로 드러난 내 개인적 경험은 강남구 신사동에 갈 일이 생겼을 때였다. 물론 서울 지도와 지하철 지도를 살폈고 은평구 신사동에서 반나절을 보냈다. 기호와 상징의 수호성자.

생명 현상과 심리적 활동에 대한 인류의 좌절은 기호에 대한 지나친 믿음에 기인하는 것 같다. 문명은 우리를 둘러싼 자연에 대한 투영도를 작성했을 때, 그리하여 우리의 관념 속에서 그것들을 무한히 자유롭게 가상적으로 그려나갈 때 신기원을 이룩했을 것이다. 이러한 것이 아니었다면 어떻게 도구를 발명했겠는가? 그러나 지성과 관념의 본령은 생명의 세계가 아닌 무기물의 세계에 있다. 내가 유글레나를 모사할 때 관심과 흥미를 끌었던 사실은 우리의 모든 수학적·생물학적 지식을 동원한다 해도 그 원생동물의 단 하나의 섬모의 다음 운동조차도 예측할 수는 없다는 것이었다. 하물며 매머드의 모든 털에 대해서는 무엇을 말할 필요가 있겠는가. 그리고 심리적 활동도 지니고 있어서 복잡한 욕구와 희망으로 고통받고 즐거워하는 인간의 내면에 대해서는.

생명과 관련한 우리의 과학은 기껏해야 생명활동의 뒤를 쫓아다니며 그 결과만을 정리하는 것에 지나지 않는다. 바람이 쓸고 간 자취만을 더듬으며 휘몰아치는 바람의 방향에 곤혹스러워하는 기상학자가 그렇듯이. 약물로 마음의 병을 고칠 수 있다고 믿는 정신의학자가 기껏해야 정신활동의 찌꺼기만을 더듬듯이. 약물로 병을 고칠 수는 없다. 단지 병의 고통을 덜어줄 뿐이다. 우울증 환자에게는 그것이 보물이지만. 생명의 본질은 운동과 심리적 활동의 불가예측성이라는 사실은 잘 떠오르지 않는다. 본래 무기물의 세계 속에 그 활동영역을 한정시켜야 할 지성이 삶과 생명을 해명하고 예측하겠다고 나서는 순간 좌절이 시작되고 가물거리며 남아있던 통찰의 가능성은 영원히 꺼진다. 지성은 우리를 생명의 암흑 속에 저버린다.

생물학적 모델이 전 우주를 해명할 수 있으리라고 믿었던 아리스토텔레스의 좌절은 수학적 모델이 생명현상마저도 해명할 수 있으리라는 믿음의 근대적 좌절로 다시 한 번 재연된다. 생명은 무기물의 세계에서 취약하고 수학은 유기물의 세계에서 취약하다. 이러한 혼란이 과학의 경우뿐이겠는가. 본능이라는 어둠에 묻혀 감각만을 무기로 삼고 살았던 구석기 시대의 조상들이 어두운 동굴들에 그들의 희망과 꿈의 최초의 흔적을 남겨 놓은 이래 인류의 자연 모방은 감각과 관념 사이에서 흔들려왔다는 것을 생각해 보라. 우리는 자기가 보는 것 이상으로 자기 생각을 그려왔고 자기 시지각 이상으로 자기 관념을 소중히 해왔다. 예술사상의 인상주의가 이제 순수하게 보는 것만을 그렸을 때 사람들의 당황과 몰이해는 버스를 거꾸로 타고 여자 화장실 앞에서 줄을 서는 나의 놀라움일 뿐이다.

순수한 기하학적 투영도가 실제 건물일 수 없고, 51번이란 숫자 자체가 나를 학교로 데려다주는 차량이 될 수 없는 것과 마찬가지로 기호와 상징이 우리 삶 자체일 수는 없다. 삶은 살아지는 것이지 추상되는 것이 아니다. 내가 살아오며 장구하게 저질러온 실수는 이것을 깨닫지 못한 데에 있었다. 그 이상으로 마음과 생명 현상에 대한 근원적인 몰이해도 여기에 있었다. 생각 이상으로 감각을 중시하고, 두뇌 이상으로 눈을 보살폈어야 하지 않았을까?

그의 외연으로 그 사람을 알았다고 생각하지 말아야 할 노릇이다. "화장실"이라는 것만 보고 아무 곳이나 들어가지도 말아야 하고. 다른 사람의 마음으로 이르는 심정적 공감의 통로를 열겠다는 노력도 시작되어야 하고. 생각에서뿐만 아니라 본다는 것에서도 즐거움을 얻기 위하여 애써야 할 것이고.

그러나 감각만을 믿을 때에 문제가 없는 것은 아니다. 이것은 나를 위한 변명이다. 자주 가는 건물의 1층에는 남녀 화장실이 마주 보고 있다. 오른쪽이 남자 화장실인데 한 번은 그만 왼쪽으로 들어가는 실수를 하고 말았다. "화장실"이라는 표지가 잘 보이는 쪽으로 들어갔다. 청색이 핑크색보다 선명하다. 마침 화장실에는 아무도 없었고 돌아서서 나오려고 하는데 한 숙녀분이 들어오다가 나와 마주쳤다. 나는 속으로 뜨끔했다. 그러나 그 아가씨는 더욱 놀라서 반대편 화장실로 뛰어들어갔다. 서로 자기 화장실을 찾아 들어가며 마주 보고 빙그레 웃었다. 균형이 중요하다. 나처럼 관념만을 믿어도 안 되지만 그 아가씨처럼 감각만을 믿어도 안 된다.

이것이 이야기의 전부가 아니다. 나와는 상반되는 사람이 있다. 그 사람은 서울역 근처의 어느 사무실에 잠시 파견근무를 하고 있었고 내가 비교적 친숙하게 알고 지내던 후배였다. "너희 사무실이 어디 있지?" 내가 물었을 때 그의 대답은 당황스러웠다. 아주 태연자약하게 망설임 없이 "개포동." 한다. 아니, 서울역 근방에 무슨 개포동이 있나? 그의 이어지는 대답. "내가 염천교-개포동 버스를 타고 다녀요." 무슨 이야기인지 물론 알 것이다. 그래도 그 사람은 나보다 나은 사람이다. 회사 출근을 개포동으로 한다거나 우산을 쓰고 전철을 타는 실수는 안 하니. 생각보다는 감각을 믿은 덕분이다.

3

유감이다

발
가
락
때

눈물지을 운명은 아니겠다.

어둠이 빛보다 나쁘지 않다.

빛의 고향은 흑암의 소용돌이.

나의 탄생은 어두운 자궁.

주목받는 게 명예도 아니겠고 반짝임이 고요도 아니겠다.

모두 부담이니 흔적 없는 삶에 웃었다.

자연은 한 번씩 실수한다. 고고학자를 행복하게 하며.

질료를 뺀 형상들. 말라비틀어진 논리학.

잎이 사라지고 수액도 사라진다. 겨울날의 나뭇가지들처럼.

나는 그런 운명이 싫다. 흙 속의 시간은 그 시간만큼의 죽음이니까.

좋게 주목받는 게 어디 있는가. 형용모순이다. 고요와 자유가
행복이었다.

질컥거리는 면양말 소리, 딱딱한 고무 소리,

마침내 들리는 한숨 소리, 삼켜지는 한숨 소리, 애처롭게 울리
는 피곤의 소리.

삶은 오늘도 주인을 눌렀다. 깊고 어둡게 눌렀다.

왜 그는 많은 것을 원했을까? 한숨의 마감일 줄 몰랐을까?

모두가 소멸인 걸 몰랐을까? 무엇을 위한 한숨이었나?

이별의 시간. 안타까운 시간. 내가 사라질 시간.

주인은 젊고 부지런했다. 나의 탄생은 그의 노고에 빚졌다. 내
전체 삶은 그의 하루였다.

우연이며 불필요한 것이 있을까. 내 삶과 존재는 덧없는 우연
이겠다.

다른 운명에 대해서는 모르겠다. 내 존재가 필연이란 말은 못
하겠다.

모두가 필연을 주장해도 나는 들겠다. 영광의 자격이 모두에
게 있어도 내게는 없다.

먼 고대인들. 어둠 속에 묻혀 살던 고대인들. 아름다움조차 동

굴의 어둠 속에 묻었던 고대인들.

무력했던 우리의 조상들. 그들조차도 봄과 초원의 빛을 원했으니.

그러나 나는 호소하겠다. "태초에 리듬이 있었다."고.

사라지는 나는 새 생명의 요청이고, 나의 어두움은 주인의 하루의 빛이라고.

쓸모조차 없다고 말하지 말라. 아름답지 않다고도 말하지 말라. 나쁜 냄새라고도 말하지 말라.

부끄러워하지도 말라. 나는 당신이 부끄러웠던 적 없다. 당신이 무엇이었든 간에.

미소 지으며 나를 내려다봐 달라. 무엇이 아름다움이고 무엇이 향기인가?

우연 속에 존재를 얻었다가 발가락 사이에서 떨어져 나가는 미끈거리며 질컥이는 니탄.

이것이 추함인가? 멋대로 결정된 아름다움과 향기.

그렇지 않다고 해서 내가 부끄러운가? 나를 닦아 내듯이 그대의 마음을 닦았더라면.

그랬더라면 나도 당신에게 소중했겠다.

니탄과 금광석이 같은 부모를 가졌듯이 그대의 소멸하는 뇌세포도 나와 부모를 공유하지 않는가.

조금만 들어 달라. 변명은 모두의 권리. 심지어 사형수에게도.

모든 게 없다 해도 쓸모는 있다. 멋진 디자인과 향기는 없다 해도 쓸모는 있다.

나는 당신 발가락의 마찰계수를 줄였다. 찰과상 없는 오랜 행군에 공헌했다. 깊고 어두운 보병의 군화 속에서처럼.

내 운명에 불만 없다. 하루 만에 씻겨 나간다 해도 운명에 만족한다.

영원이 없다면 시간은 상대적이다.

치열한 발가락 때는 흐리멍덩한 누구의 수십 년에 비해 영원이다.

소임을 다한 잔류물이란 얼마나 고귀한 운명인가.

귀를 기울여 보라. 완전한 고요 속에서 조용히 귀를 기울여 보라.

희미하지만 그래도 자부심 넘치는 어떤 소리가 바삭거리며 들린다면 그것은 이제 땀을 기다리는 소멸한 상피 세포들의 소곤거림이다.

죽음이 없다면 탄생이 있겠는가? 나는 기꺼이 사라진다.

내 임무는 새로 탄생한 아이들의 몫이다.

잊힌다는 행복만 남아있다. 어쩌면 잊힘도 없다. 보여진 적도 없으니.

물줄기를 따라가는 오랜 소멸의 운명이 나를 기다린다.

나는 다시 암흑 속에 묻힌다. 그 자궁에서 새 생명이 자라겠다. 우리를 거름으로.

나의 주인이여, 나의 아이들이여. 운명은 모두에게 같다. 탄생하고 사라지고 잊히고.

이 모든 것들은 다 하나이다. 모두를 행복으로 맞자.

서두르지도 머무르지도 말자. 자연이 모두의 주인이니.

4

유감이다

휠러

Wheeler

축하할 만한 일이 생겼다. 40년 전에. 겨울의 첫 바람이 그 기억을 불러냈다. 코끝을 쌩하고 스쳐 가는 바람이. 초겨울에 시작된 그 일. 많은 것들을 일으켜 깨우는 그 기억. 소멸한 것들에 생명을 불어넣는 기억. 기쁘고 황홀하지만 안타깝고 슬픈 기억. 별스러운 것은 아니다. 흔하게 생겨나는 일이다. 한 번의 웃음 짓는 축하로 충분하다. 그래도 슈바이처는 이것을 도덕의 근거라고 했다. 인류의 분투와 창조력도 아직 성취하지 못했다. 조만간 성취할 가능성도 없다.

다섯의 생명이 태어났다. 문학적 수사를 조금 사용하겠다. 매서운 겨울바람이 날카로운 소리를 내고 눈발이 조금 날리는 정월에 겁 많고 엄살 심한 녀석이 곰살갑게 스토아주의자의 인내로 창조의 열정으로 신음소리 안 내고 해치웠다. 아침에 상황을 알았다. 따스함과 비린내, 낮은 소란스러움이 일었다. 조용하게 해치웠다.

살고자 하는 의지에서 공포가 생겨나고 행복하고자 하는 요구에서 괴로움이 생겨난다. 생명의 창조는 이것을 잊게 한다. 무엇이 두려움을 이겨낼까? 본능이겠다. 자연이 생명에 심어준 본능. 두려움을 극복하게 할 만큼 큰 본능. 생명조차 거는 본능. 가련하고 안타깝다. 다른 어떤 운명이 있겠는가? 사슬에 묶여 지내는 것이 운명이니. 본능이라는 끈이 닫힌 원 안을 맴돌게 만든다. 그러나 운명에 아쉬움과 불만이 있겠는가? 자신이 자연의 일부로 즐겁게 살고 있으니. 우리 집 개는 행복해서 어쩔 줄 몰라 했다.

생명이 번성하는 집이 있다. 우리 집이 좀 그렇다. "짐승이 잘 되는 집"이다. 본능적으로 느꼈다. 그 강아지가 새끼까지 칠 것을. 동물이 잘 자라지 못하는 집이 있다. 집에 범띠가 있으면 그렇단다. 그럴까마는 우리 이모(고인의 영혼에 안식이 있으라)네 집에서는 동물이 크지 못했다. 강아지를 줄 때마다 언제 죽을까 언제 잃어버릴까 걱정했다.

괜한 우려가 아니다. 제대로 키우는 동물이 없었다. 붕어나 햄스터도 기력을 잃고 죽었다. 동물이라고는 바퀴벌레도 없었다. 이모부가 일찍 돌아가셨고 이모는 외로웠다. 우리 어머니가 결혼 전에 홀로 됐다. 언니가 불쌍했던 어머니는 이모를 가까이 살게 했다. 부모에게 얹혀살던 부부가 그 집을 횡령했다. 할아버지가 돌아가시자 대장님은 자기 집이 생겼음을 장엄하게 선포했다.

"오늘 등기 이전했다."

우리는 그 집에서 30년을 살았다. 이모도 옆집에서 25년을 살았다. 나는 이모가 세 명의 사촌들과 본래부터 그 집에서 살았다고 생각했다. 아래쪽의 미장원과 만화방과 더불어. 이모는 우리 그림자였다. 나는 심지어 모든 애들에게 이모가 있고 그 이모는 세 명의 아들을 가졌다고 생각했다. 부모만으로 태어날 수 없다. 이모가 있어야 한다. 모친은 이모에게 동물을 여러 번 줬다. 소용없었다. 고양이와 개들은 죽거나 홀연히 사라졌다. 우리 이모는 범띠였다.

주술적 미신이다. 표상은 실재를 부른다. 우리는 그것을 믿었다. 이모가 강아지를 탐내는 눈빛으로 내려다보면 겁부터 났다. 호랑이가 먹이를 그렇게 내려다볼 것이다. 이모 집의 강아지와 고양이는 호랑이와 더불어 산다. 제풀에 기가 질려 죽거나 감당할 수 없는 공포로 가출을 택해 집 없는 짐승이 됐다. 짐승을 키우고 싶었다면 악어나 공룡을 한 마리 키웠으면 됐다. 이모가 성치 못했겠지만.

이 가설은 작은 집의 예로 간단히 깨진다. 반례이다. 작은아버지 역시 범띠다. 짐승이 잘 된다. 학교 앞에서 조카가 사 온 병아리가 영계의 단계를 벗어나서 씩씩하게 잘 크고 있는 것을 본 적이 있고 낚시에서 잡아온 물고기가 새끼까지 치는 것을 내 눈으로 확인했다. 그 물고기는 낚싯바늘에 입이 다 헤져 있었다. 먹이는 파리채로 때려잡은 으스러진 파리였다.

모순이다. 이모는 불교 신자였고 경멸하고 매도하는 인간 군상으로 낚시꾼을 꼽았다. 매해 물고기를 방생했다. 건너편에서 열심히 고기를 낚아 올리는 낚시꾼들을 미워했다. 이모가 물고기를 한 바가지 사 왔을 때 진짜 놀랐다. 다 키울 작정인가 보다. 쟤네 다 죽었다. 방생한다는 말에 안심했다. 나는 그 물고기들을 축복했다. 이모는 붕어 한 마리도 못 키운다. 어항에 붕어들이 배를 하늘로 하고 죽어가는 것을 봤다. 이모는 어항을 손가락으로 톡톡거리며 행복해했다. 얘네들이 애교도 떤다고. 말도 안 된다. 그 손가락으로 먹이를 줬을 뿐이다.

그냥 내 마음을 이야기하면 이렇다. 이모는 강직하고 냉정하고 매정한 데가 있는 호랑이였다. 옆에 가면 찬바람이 불었다. 방에는 먼지 하나 없었고 마당에는 종이쪽 하나 없었다. 혼란스러운 우리 집과는 달랐다. 우리 집에 오면 눈살을 찌푸렸다.

"너희는 이렇게 놓고 어떻게 사니? 정신 사납다."

이모가 집에 오면 불안했다. 또 뭐랄까.

작은아버지는 서른에 이미 대머리가 훌러덩 까진 분으로 호탕하고 덜렁거리지만 마음의 다정다감함은 비단결 같았다. 그분은 대머리를 찬양할 만큼 낙천적이었다.

"대머리가 좋다. 머리 감을 일도 없고. 세수만 좀 높이 하면 된다. 머리 나쁜 놈들이 머리 쓰면 흰머리 되고, 머리 좋은 사람이 머리 쓰면 대머리 된다. 내가 머리가 좋다."

이런 언명을 논리학에서 독단이라고 한다. 이것은 주로 생각 없는 사람들한테 먹힌다. 결심했다.

"나도 언젠가는 대머리가 되고 말 거야."

줄줄 흘리고 다녔고 강제로 갈아입히기 전에는 안 갈아입었다. 냄새도 좀 났다. 그래도 친구였다.

"음, 내가 가르쳐주지. 산수가 어렵지. 내가 잘한다. 선생님보다 낫다."

나는 기대에 찼다. 말뿐이었다. 주위를 맴돌아도 본 척도 안 했다. 조카에게 헛약속을 했다. 많이 취해서.

대학에 입학하자 집으로 불렀다. 입학 선물 주는지 알았다. 아니었다. 장엄한 인생 설교였다. 안 어울리는 심각한 표정으로.

"이제 네가 성인이 되니 걱정이 앞선다. 우리 집안 남자들이 여자를 끈다. 나도 굴비 두름처럼 여자들 끌고 다녔다. 내가 시내 나가면 다 쳐다봤다."

흘끗 본다. 동의를 구한다. 동의하는 척했다. 안 믿었지만.

"여자 조심해라. 집 앞에 여자 찾아오게 하지 마라. 애 아버지 찾아 왔다면 인생 종 친다. 나도 그래서 장가갔다. 내 신세 봐라."

걱정 안 해도 됐다. 내 인생에 찾아온 여자는 없다. 내가 찾아 간 적은 있어도. 그러고 보면 여자네 집 문 앞에서 훌쩍거리다 온 기억이 난다. 하늘이 그렇게 무너진다고 생각했다. 그 여자도 이제 할망구라는 사실이 위안이다.

작은아버지는 술을 지나치게 좋아해서 모든 어른이 술고래라고 불렀는데, 나는 "술을 무척 잘 먹는 고래가 있나 보다."고 생각했다. 입 주변에 허연 막걸리가 묻은 채로 내 뺨에 얼굴을 비벼댄다. 소리 지르며 도망간다. 작은아버지는 문 뒤에 숨는다. 정신연령이 내 수준이었다. 냄새와 색깔을 어제처럼 기억한다. 웃음소리와 더불어. 막걸리는 입 주변에서 허연 거품을 냈다.

술을 좋아했지만 이겨내지 못했다. 유혹을 이겨내지 못했고 취기도 이겨내지 못했다. 동네의 전봇대 밑이 침실이었다. 가로등 빛이 달콤했나 보다. 원뿔 모양의 그 빛이. 이제는 기운도 없고 활력도 없다. 자식과 손주 만나는 것을 낙으로 알고 조용히 살아간다. 작은어머니도 안심하고 모든 사람이 상황에 만족한다.

나는 그 시절이 그립다. 이모가 매서운 어조로 "낚시꾼들은 지옥에서 입이 다 찢어지는 벌을 받아."라고 이야기하던 시절. 어젯밤에 또다시 가족 모두가 작은아버지를 찾아 동네 전봇대를 다 뒤졌다고 하소연하던 작은어머니. 작은어머니는 사건이 나면 우리 집에 뛰어 왔다. 한참을 넋두리한다. 우리 가족은 죄지은 심정으로 앉아 있었다. 나는 진짜 죄지은 줄 알았다. 막걸리 심부름을 안 했어야 했다. 주전자 들고 구멍가게에 자주 갔다.

"막걸리 한 사발 받아와라. 장부에 달아 놔라."

작은어머니가 아무래도 이혼해야겠다고 했을 때 우리는 대장님이 그렇게 슬퍼할 수 있는 사람이란 걸 첨 알았다. 눈물을 글썽이며 구걸했다. 자기 이혼하는 것도 아닌데. 제수씨 없으면 그놈 신세가 뭐가 되겠나. 인간이 불쌍하지 않은가. 애들을 봐서라도 참아라. 내가 단속하겠다. 입에 술대면 아가리를 찢어 놓겠다.

작은아버지는 각서 쓰고 용서받았다. 각서는 무슨 각서. 쓸데없는 각서. 그 사건에 대한 당사자는 이렇게 대응했다.

"이혼하면 나는 좋다. 새 여자 구하면 된다. 더 좋은 여자 올 거다."

분별이 없다 보면 이 지경에 이른다.

"관념이 실재를 배반하는 것"은 사실이다. 프랑스의 그 대머리

생철학자는 훌륭했다. 날카로운 통찰이다. "생명에의 외경"을 가진 이모가 실제의 생명(이모는 꼭 짐승이라고 불렀다)을 키우는 데에는 미숙했고 "짐승은 그저 먹자고 키우는 거야." 하던 작은아버지 집의 짐승들은 천수를 누린 것을 보면.

우리 집에서는 동물이 잘 컸다. 범띠가 없어서일까? 잘 크는 것으로 그치지 않는다. 번식도 한다. 어머니를 제외하고 모두 동물을 좋아한다. 우리는 정리정돈과는 거리가 멀었다. 아침이면 난리 났다. 자기 교과서, 자기 준비물, 자기 안경 찾느라고. 강아지를 예뻐만 했지 누구도 치다꺼리를 하지 않았다. 어머니만 고생했다. 짐승에 대한 의구심에 찬 눈초리는 자기 노고에 대한 예비된 두려움이었다. 단지 그것뿐이었다. 어머니도 강아지를 예뻐했다. 모두가 떠들썩한 환영과 감탄으로 새로운 생명을 축하하고 관심을 기울인다. 어머니는 신기해하는 정도지만. 키우던 짐승들이 늙어 죽는 섭섭함도 겪었다.

늙은 개가 죽음을 기다린다. 인간은 젊음의 아름다움을 잃고도 그만큼은 더 살아야 끝난다. 질긴 짐승이다. 인간 외의 동물들은 젊음이 끝나는 대로 삶도 끝난다. 본능과 생명의 경이로움을 주는 것은 연어과의 물고기만 한 것이 없지만, 그 물고기들의 힘차고 필사적인 회유는 생식과 죽음 외에는 아무것도 기다리는 것이 없는 강의 상류로 향한 것이다. 한 번의 생식으로 젊음은 다 하고 그 자리에서 죽음을 맞는다. 온몸에 헐어 터진 상처를 안고 하류로 흘러내려 가는 연어나 송어들의 사체는 때때로 가슴이 서늘한 슬픔을 준다.

집에서 키우는 개의 죽음은 슬픔과 우울을 한동안 안겨준다. 개들은 죽어 가는 순간까지도 최소한의 품위를 잃지 않는다. 빠르게 찾아오는 죽음이다. 물론 그들도 늙는다. 자세히 보면 눈썹과 수염이 희게 센다. 백내장이 오고 산책을 할 수 없을 정도의 관절염도 온다. 그렇지만 순식간에 죽음이 온다. 감탄스러운 것은 죽음을 맞는 품격이다. 어디론가 사라지려 하고 사람의 눈길이 미치지 않는 곳을 찾으려 한다. 잊히기를 원하는 것일까?

우리 형제는 죽어가는 개를 찾아 초가을의 비바람 속을 헤맨 적이 있다. 뒤뜰의 겹쳐진 널빤지 밑에서 떨고 있었다. 죽음의 고통을 겪으며. 슬프고 무서웠고 낯설었다. 모든 것을 저버린 채로 자기만의 세계로 향하고 있었다. 응원했다. 조금만 더 운명에 저항하기를. 안고 들어오며 중얼거렸다.

"힘내라. 조금 더 살아라. 준비할 시간이 필요하다."

죽음이 닥쳐들 때에 개들은 전보다 조용해지고 애처롭고 순종적이 된다. 주인을 향한 순종이 아니라 자기 운명에 대한 체념적 순종이다. 본능의 끈에 묶여 있으니 운명을 바꾸는 것은 불가능하다. 생명을 탄생시킨 대가를 치르려 한다. 구원의 호소 없이.

집에서 죽음을 맞기는 힘들다. 불치병에 걸린다. 결단을 내린다. 그 개와 행복했던 기억만으로 만족해야 한다. 죽기 위한 고통을 길게 끌 수 없다. 차에 실려진다. 외출에 얼마나 많이 들떴었던가. 마지막 외출이다. 다시 돌아오지 못할. 한 번의 주사와 마지막 애처로운 눈길로 모든 것이 끝난다. 흙으로 돌아가고 편히 잔다. 저 세상에선 아프지 마라. 부디 좋은 곳으로 가라. 남겨준 추억은 영원히 마음에 새겨질 거다. 우리는 남는다. 세 형제가 모여 운다. 대장님이 호통친다.

"사내 녀석들이. 다른 놈으로 한 마리 사!"

그렇지 않다. 흰 바탕 갈색 얼룩의 그 개, 콧등에 흘러내리는 검은 점을 가진 그 개는 세상에 한 마리밖에 없다.

생명을 탄생시키거나 키우고자 한다면 일찍 잃을 수도 있거나 필연적으로 잃게 될 결과를 생각하라. 우리가 베푸는 사랑과 보살핌의 대가는 언제나 상실의 고통이라는 것도. 그것도 사랑을 베풀기 이전에. 위대한 희랍 철학자가 가능태보다 현실태를 선행시켰듯이. 운명의 결과는 우리 노력과 상관없이 먼저 준비되어 있듯이. 이것이 새로운 생명을 창조하거나 키울 자격이다. 여기에 두려움은 없다. 사랑과 상실이 우리를 얼마나 성장시키는가.

주로는 강아지였다. 한때는 새와 고양이와 쥐도 키운 적 있다. 쥐라고 하면 막내가 펄쩍 뛰었다. 쥐가 아니라 햄스터라고. 꼬리가 없지 않느냐고. 하긴 침팬지도 원숭이는 아니다. 어쨌건 그 동물들은 번식하며 천수를 다했다. 강아지를 분양할 때 우리는 자부심 섞인 고압적 태도를 취했다. 주로는 젖먹이들의 혈통과 그 어미의 영리함에 대한 것이었다. 나름의 이유가 있었다. 쉽게 입양된 개는 아무렇게나 키워진다. 쉽게 번 돈이 하찮은 것이 되듯이. 대장님은 확인사살을 했다.

"내년에 가서 보겠소."

강아지를 입양시키기는 쉽다. 소위 순종이면 더 쉽다. 시장가치가 높으면 모두 탐낸다. 악덕이다. 돈은 불멸의 매개변수이다. 모든 것이 거기로 수렴하고 모든 것이 거기에서 유출된다. 그러나 개는 곧 가족이 된다. 가족도 돈으로 환산할 것인가? 하긴 돈으로 환산된다. 무한대의 돈으로.

순종의 기준이 무엇인가? 그 개 일반의 표준성인가? 이 표준성이 자기가 키울 개와 무슨 상관이 있는가? 정들면 다 예쁘다. 나는 순종인가? 스스로에게 물어야 할 노릇이다. 순종이 어디 있는가? 아시아의 모든 족속이 얽히고설켜 국가를 형성했는데. 어떤 의미에서는 잡종이 우월하다. 순종은 병이 많다. 유전자 풀pool이 좁다. 여러 바이러스와 박테리아에 대처하려면 유전자 풀이 넓어야 한다. 순종은 어릴 때 폐사할 확률도 높다. 잡종은 상대적으로 넓은 유전자 풀에 의해 질병에 강인하다. 가장 무서운 파보 바이러스는 대체로 순종을 먹이로 한다.

잡종은 미래에 대한 예측 못 할 호기심을 준다. 순종의 경우에는 어떤 성견이 될지 미리 안다. 잡종은 어떤 양상으로 커 갈지 예측하기 힘들다. 매일이 새롭다. 작은 개일 거라고 입양했는데 황소만 한 누렁이가 된다. 황당하다. 방에서 쫓겨나 옥상에 올라간다. 텐트를 쳐 준다. 여름엔 선풍기 켜 두고 겨울엔 백열전구 켜둔다. 살만한 집일 것이다. 물론 사실을 알 수는 없다. 개한테 물은 적 없으니까. 전깃줄에 얽혀 넘어진 적은 있다.

큰 개가 대체로 무던하고 온순하다. 신경질적이지 않다. 같이 놀기도 좋다. 부둥켜안고 뒹굴어도 끄떡없다. 유감스러운 건 이 경우 새끼를 칠 수 없다. 입양시키기가 어렵다. 물론 수컷을 키우면 된다. 그러나 보기에 괴롭다. 몸속에서 일어나는 어떤 갈망을 어찌해볼 도리가 없다. 몸부림치는 걸 보면 불쌍하다. 총각으로 죽을 팔자라니.

순종 암컷을 키운 건 나름 계산이었다. 출산을 볼 수 있고 입양시키기도 쉬우니까. 다른 동물들의 경우는 문제가 달랐다. 새나 쥐나 토끼의 다산은 악명 높다. 어린 새끼 새들이 성냥갑에 성냥들이 차 있듯이 새집에 빼곡히 차 있던 기억이 난다. 이것도 쥐 ―

소위 햄스터 — 에게는 미치지 못한다. 학생들을 괴롭히는 복리식 이자율의 예로 쥐가 주인공이지 않은가? 동생을 흐뭇하게 하고 어머니를 떨게 하고 아버지에게 불면의 밤들을 주었던 쥐들. 새벽 잠을 설치게 만들었던 그 십자매들.

아파트로 옮겨야 했다. 어머니가 점점 늙어 갔고 마당 있는 집을 관리하기 어려워하셨다. 집이 동물원 수준이었으니 나눠줘야 할 동물이 많았다. 이사가 자꾸 연기됐다. 그래도 어쨌든 동물을 잘 처리했다. 동물 없이 살게 된 아파트 생활에 어머니는 흐뭇해했다. 그러나 이 흐뭇함은 곧 실망이 된다. 평화가 오래 지속되지 않았다.

동생이 강아지를 안고 있는 주민을 엘리베이터에서 본 순간 집안의 평화는 순식간에 깨졌다. 결의와 아부의 표정을 번갈아 지으며 동생은 먼저 어머니에게 덤벼들었다. 강아지 한 쌍을 놓고 치열한 물밑 협상과 외교적 수사, 아부와 약속, 정치적 교활과 위협이 오갔다. 동생을 응원했다. 대장님까지도. 동생이 이겼다.

그것들이 두 번째로 다섯 마리의 새끼를 낳았다. 처음에는 두 마리였다. 번식도 숙련의 문제인지 두 번째는 왕창 낳았다. 어차피 동물이 번성하는 집이다. 어머니는 자포자기했다. 한숨만 내쉬며. 침대 위에 낳았다. 어머니의 침대 위에. 그날은 마침 어머니가 이모 병간호로 병원에서 주무셨다. 이것이 새끼를 낳더니 아줌마의 카리스마를 뿜는다. 가까이만 가도 으르렁거린다. 제까짓 게 엄마가 되었으면 되었지. 누가 밥을 주고 누가 교육을 시켰는데.

초산 때에도 역시 자기 집은 비워둔 채로 어머니의 침대 위에서였다. 어머니가 장 보러 나간 사이에. 동생은 두 번째로 자기 침대를 어머니에게 양도하게 되었고 방바닥에서 자야 했다. "개는 침대로 사람은 바닥으로." 보름 동안은 방바닥 신세를 면하지 못한다. 서로가 책임을 떠넘겼다. 원초적인 데까지 간다.

누구 때문에 개를 키우게 됐냐? 엘리베이터에서 개를 본 건 내가 아니다. 너다. 나는 개 키우자고 한 적 없다. 누가 바닥에서 자야 하는가는 이미 선험적으로 결정되어 있다. 원인 제공자이다. 개로부터 생기는 모든 불편은 엘리베이터에서의 발견에서 연역된다. 억울하면 고소하라. 민사법정에서 보자.

다들 우기긴 잘 했다. 하마터면 질 뻔했다. 똥 치우기로 약속한 건 형이었다. 한 번도 치우는 걸 본 적 없다. 나는 몇 번 치웠다. 양심 있으면 형이 바닥에서 자라. 기세에 밀릴 뻔했다. 얼굴을 외로 꼬고 대꾸도 안 했다. 할 말 없을 땐 이거밖에 없다. 여섯 마리의 개와 한방에서 잘 수는 없다. 새끼들 찡찡거려 잠도 설친다.

개는 출산을 하면 새끼의 안전과 성장 이외에 다른 것에 관심을 보이지 않는다. 날카로워지고 사나워진다. 며칠간은 밥도 먹지 않는다. 생명 존속의 원칙이다. 자기 후손의 생물학적 성장에 대해 무심하다면 그 종이 살아남을 수 있었겠는가? 물론 많은 물고기나 파충류가 그렇지 않지만 그것들은 워낙 많이 낳으니까. 진화 생물학자들의 의견이 맞는 거 같다.

포유류의 젖먹이에 대한 보호는 각별하다. 짐승의 경우라고 하지 말자. 인간 역시도 자기 자식을 낳는 순간 전에는 볼 수 없던 절박함과 탐욕으로 이기적인 삶을 살아나간다. 박애주의자이고 사해동포주의자였던 젊은이들이 결혼과 출산을 거치며 동물적 본능으로 무장한다. 남의 자식이야 어떻게 되던 자기 자식만 잘되면 되고, 남의 가정이야 끼니를 잇건 말건 자기 가정만 호의호식하면 된다. 이것을 그럴듯하고 감상적인 형이상학으로 치장한다. 모성애는 최고의 사랑이라든가, 부성애는 신적인 것이라든가. 신성 가족이 되어간다. 가족애를 주제로 한 영화는 흥행한다.

동물과 인간을 가르는 엄밀한 기준은 없다. 만물의 영장이라니 웃기는 얘기다. 만물에게 물어봤나? 아, 한 가지 차이 있다. 인간은 만물에게 잔인하지만 만물은 인간에게 그렇지 않다.

개의 사랑도 인간의 사랑과 경쟁할 수 있다. 모성애에는 사람을 감동시키는 어떤 요소가 있다. 종을 위한 개체의 희생이고 미래를 위한 현재의 희생이다. 자기희생보다 더 아름다운 것이 어디 있겠는가? 그러나 그것도 자기 씨앗에 대한 이기심으로라면 자랑할 만한 것이 못 된다. 그것은 다른 개체들을 희생시켜서 자기 개체만을 득 보게 하는 시도이다. 인류라는 종에 대한 무관심이다. 자식에 대한 사랑은 이웃에 대한 사랑 가운데 있다. 엄밀하게는. 쓸모 있는 개인으로 성장하도록 애써 주는 외에 자식에게 해줄 일은 없다.

올바른 자기희생만이 의미 있다. 자기희생이라면 주인의 침대 위에서 종족을 번식시키고 분별없이 주인에게 으르렁대는, 자기 평생에 가장 소중한 것 — 주인의 사랑과 보살핌 — 조차도 대수롭지 않게 여기는 우리 집 강아지가 못할 것도 없다. "남을 이기기 위해 애쓰라"는 말보다는 "네가 손해를 보더라도 남을 배려하고 사랑으로 대하라"는 말을 할 줄 알고 자기 자식이라도 마땅치 않으면 따끔하게 혼을 내고 남의 자식이라도 훌륭한 점이 있다면 자기 자식 못지않게 대견하게 생각할 줄 안다면 개라는 종의 어리석음에 대해 말할 자격이 있다. 모성애를 들먹이며 자기연민에 빠져 살 일은 아니다.

북어 대가리를 삶는다. 거기에 밥을 만다. 개의 미역국이다. 젖이 잘 나온다. 부엌 북어의 대가리는 다 뜯겨 나간다. 출산 이틀쯤 지나면 밥을 먹기 시작한다. 이때 가까스로 침대에서 내려온다. 힘겹게. 핼쑥해져서. 이 틈에 젖먹이들을 흘끔거린다. 형상을 겨우 갖춘 새 생명들.

　　우리 강아지들의 혈통에 대해 말하자면 중국 기원의 시추이다. 소위 순종이다. 나름으로는 명문가이다. 두려움 없이 어느 종이냐고 물어도 된다. 실례가 아니다. 지능이 좀 낮아서 그렇지 모양새는 그럴듯하다.

　　개를 선택할 때 지능은 중요한 요소이다. 개의 지능 운운이 언어도단이긴 하다. 지능은 인간적 요소이다. 아이큐 테스트를 받는 것도 아닌데 개의 지능은 웃기는 편견이다. 인간의 기준도 하나의 기준일 뿐이다. 개에 대해서는 훈련 수용성trainability을 본다. 훈련이 먹히는 정도에 대해 말하게 된다. 그러나 이것조차도 지능의 문제는 아니다. 지능 높은 인간들이 뺀질거리고 설쳐대는 경우가 많다. 개도 약고 뺀질거리는 놈이 있다. 교활하고 끈질기다. 인간적 기준으로 보면 지능이 높다. 그러나 개의 기준으로는 지능이 낮다. 중요한 것은 지능이 아니라 주의를 기울임이다. 조용히 주인의 말을 귀담아듣는 순진한 개가 훈련 수용성이 높다.

　　"경청이 양의 기름보다 낫다."

　　약고 제멋대로인 개보다 더 골치 아픈 개가 있다. 미련하고 고집스러운 개들은 사람 미치게 만든다. 여우보다 더 힘든 게 곰이다. 주로 동북아시아나 히말라야 개들이 곰이다. 리트리버나 보더

콜리, 도베르만, 셰퍼드 등은 훈련 수용성이 높다. 말이 필요 없을 정도이다. 반면에 진돗개나 풍산개, 시추나 아키다, 차우차우, 아프간하운드 등은 훈련 수용성이 낮다. 중요한 것은 훈련 수용성이 높을수록 공감 능력도 크다는 점이다. 이것은 개를 키울 때 중요한 요소이다. 어떤 일인가로 의기소침한데 개가 신이 나서 설쳐댄다면 정나미가 떨어진다. 울고 싶은 때 놀아달라고 날뛰면 얄밉다. 훈련 수용성이 높은 개들은 스미듯이 마음을 공유한다. 보통 조용히 옆에 엎드린다. 첫사랑의 실패를 개 덕분으로 극복했다. 셰퍼드였다.

아무 개에게나 혈통을 묻는 것은 교양 없는 실례이다. 그 개가 잡종이라면 혹은 그 주인이 그 종을 모른다면 어떻게 되겠는가? 잡종견 역시 나름대로 좋지만 일반적인 인식은 그저 똥개 정도이다. 주인이 "똥개요."라고 대답하기를 원하는가, 혹은 "몰라요."라고 대답하기를 원하는가? 만약 그 개가 좋은 혈통을 지닌 순종견이라면 가만히 있어도 주인은 어떻게든 자랑할 기회를 잡는다. 그저 개가 예쁘다든가 영리하게 생겼다든가 혹은 이도 저도 아니라면 건강하게 생겼다고만 말하고 나머지는 개 주인에게 맡겨 두면 된다. 그러면 자기 개에 대해 자랑하고 싶은 자부심을 지닌 개 주인이라면 궁금증을 풀어 줄 것이고 별로 그러고 싶지 않다면 미소로서 고맙다는 표시를 할 것이다. 남의 집 개에 대해 이 사려 깊은 외교적 태도를 지닌다면 이웃집과 이웃집 개 사이의 관계는 적어도 세계 대전의 추축국 사이의 관계 정도는 된다. 외교가 국제관계학으로 승격한 건 이유가 있다.

강아지들 아버지 이름은 레오니이다. 페르시아 전쟁의 비장한 영웅. 스파르타의 레오니다스. 작명의 실수를 인정한다. 말이 안된다. 당시 헤로도토스를 읽고 있었다. 사나이라면 그 정도는 되어야 하지 않는가!

낯선 사람이 오면 책상 밑으로 도망간다. 자신의 의무가 무엇인지 모른다. 아주 먼 조상이 그들을 가축화했다. 이제 좀 더 가까운 조상이 "친근한 늑대cania familiaris"라는 훌륭한 학명을 그들에게 붙여주었다. 주인의 우군이 되어야 한다. 외부에 대한 경계가 첫째 밥값이다. 비겁한 꼴을 보여 자신뿐만 아니라 나도 모욕감을 느끼게 한다. 식탁 밑으로 도망가서 눈만 내놓고 눈치를 살핀다.

같이 산책하기도 어려웠다. 세계는 지뢰밭이다. 다른 개가 나타나면 얼음이 된다. 부들부들 떤다. 안고 갈 수밖에 없다. 심장 뛰는 소리가 들린다. 안쓰럽다가도 한심스럽고 울화가 치민다.

'나는 경비견이 아니다. 애완견이다. 집을 지키는 개를 원했다면 사역견을 선택해야 했다. 레오니다스라니 도대체 그것이 무엇인가? 새로 나온 사료 이름인가? 나는 물론 비겁하다. 그러나 용감함은 무분별이다. 그런 짐승이 일찍 죽는다. 그런 무분별한 개를 원했다면 종을 잘못 선택했다. 그러나 용기의 결여가 용모로 메워진다. 예쁘지 않은가?'

예쁘기 때문에 의무를 저버린다? 인간보다 나은 게 없다. 용모로 자신을 합리화한다. 나도 할 말 있다.

"개의 첫째 의무가 집을 지키는 것인가, 자태가 예쁜 것인가? 집을 잘 지키고 얼굴도 예쁘다면 더할 나위 없이 좋다. 용모는 그저 그렇다 해도 집을 잘 지키면 참을 만하다. 그러나 개의 첫째 기능이 없다면 용모가 어떻다 해도 쓸모없다. 나는 여성 볼 때도 용모보다 기능 본다. 의무를 다하고 미덕을 자랑하라. 의무 없이 미덕 없다. 훌륭한 이름을 지어준 대가가 책상이나 침대 밑으로 도망인가? 누가 누구를 지켜줘야 하는가? 세상에 공짜가 어디 있는가? 밥값을 하라."

레오니가 얻어들은 꾸중은 "예쁘면 다냐?"였다. 그러나 레오니 마누라의 이름을 생각하면 실수가 모욕보다 낫다. 부드기 ― 이것이 그녀의 이름이다.

강아지를 처음 데려온 날 우리 어머니 왈, "나는 정말 귀찮고 싫지만 애들이 너무 좋아하니 '부득이' 키운다." 부사가 명사로 둔갑했고 그 강아지는 명예롭지도 못하고 환영받지도 못했다는 의미의 이름을 평생 지니게 되었다. 우리는 이름을 놓고 고민했다.

중지를 모으기 위해 모이기도 했다. 늦었다. 우리 모임이 진행되던 중에 어머니는 맘껏 '부드기'라고 부르고 있었다. 강아지는 꼬리 쳤다. 무엇이 되었건 이름을 얻었다는 사실이 기쁘다는 듯이. 생각을 고쳐먹었다. 이름이 중요한가? 윌리엄 오컴도 애썼다. 명칭과 본질은 상관없다는 것을 입증하려고. 명칭에서 본질을 면도날로 도려냈다. 줄리엣도 강변했다. 장미꽃이 장미꽃으로 안 불린다고 해서 그 자태와 향기가 어디로 가느냐고. 몬테규와 로미오는 상관없다며. 성적 열기에 분별을 좀 잃었겠지만.

부드기는 애도 잘 낳는다. 우리는 이름의 본래 어원은 잊었다. 명칭과 대상은 단지 계약관계이다. 거기에 필연은 없다. 내가 아는 여성분 중 말순씨가 젤 예뻤다. 부드기는 성격도 좋았고 조신했다. 나무랄 데 없었다. 손님들 앞에서의 호명이 그녀에게는 때때로 모욕적이겠지만.

그 부드기가 생명의 흐름의 자기 가지에 다섯 개의 열매를 달았다. 추운 겨울밤에. 비밀리에. 우리는 환호했다. 경사 났다. 새로운 흥밋거리가 생겼다. 그 새끼들을 전부 나눠줄 때까지 온갖 즐거운 일이 함께하리라.

동물을 기를 때에 정점은 새로운 생명이 태어나고 무사히 커나가는 것을 볼 때이다. 내가 생물학자가 아니어서 생명현상의 물리화학적 측면에 무지하다고 해도 생명의 경이로움은 조금도 감소하지 않는다. 무지가 감동을 부르는지도 모르겠다. 무기물의 황량한 우주의 어느 구석에서 언제 그 생명의 흐름이 생겨난 것일까? 어떻게 돌진하고 퍼져서 다양한 생명들이 생긴 것일까? 출산을 지켜볼 때 창조의 기적을 느낀다. 전율이다. 신비이다. 가슴이 두근거린다. 아드레날린이 용솟음친다.

대장의 표정이 어두웠다. 한 마리를 가리켰다. 경사가 아니었다. 행운만은 없다. 무엇인가 이해할 수 없다. 한 강아지의 앞다리가 기형이었다. 작고 유난히 가냘픈, 부러진 날개와 같은 다리. 당황, 실망, 우려, 곤혹 — 우리의 첫 번째 반응이었다. 기이하고 불길했다. 몸이 얼어붙고 가슴이 요동쳤다. 불안했다.

어미는 달랐다. 내다 버렸다. 의연하고 단호하게. 망설임 없이 장 속에 물어넣었다. 우리는 되돌려 놓았다. 다시 책상 밑에 내다 버렸고 이번에는 회초리로 되돌려졌다. 몇 번의 꾸중과 회초리 세례 끝에 어쩔 수 없이 젖을 먹이게 되었다. 모두에게 충격이었다. 생명의 설렘이 있었다. 그러나 더불어 찾아온 공포와 암울함이 집을 지배했다. 마음 약한 동생은 몹시 혼란스러워했다. 대장은 단호했다. 지휘관답게 단호했다. 어미가 옳다. 그게 섭리다. 그러나 말뿐. 어떤 결의도 없었다. 어쩔 줄 몰라 했다. 죽는 게 나을 거라고 했지만 막상 무엇도 안 했다. 상황을 피하려고만 했다. 누구도 십자가 지려 하지 않았다. 다 비겁했다.

개에게도 안타까움과 슬픔이 있을까? 한 마리가 무엇인가 달랐고 쓸데없는 소모 없이 도태시키겠다는 결의인가? 어미의 본능 속에 그것이 숨어져 있는가? 자연의 집행자로서. 스스로가 자연 법칙의 딸이듯이 그 준수자가 되어야 하니까. 적자생존과 자연도태의 법칙인가? 우리 모두에게 충격적인 것은 이 법칙이 부정할 수 없는 진실로 삶과 생명에 육박하고 있다는 것이었다. 갓 태어난 생명이 이제 소멸하려 하고 있었다. 우리 눈앞에서. 생명의 숨결과 향기로운 최초의 호흡이 저항조차도 못한 채로 사라지고 있다. 물질이 난관을 만들었다. 거기에 부딪힌 영혼은 저항조차 못하고 있다. 죽음의 차고 어두운 세계로 돌아가야 한다. 자연은 습작을 만들고 폐기하고 있다. 작고, 아름답고, 따뜻한 생명. 꼬물거리며 젖을 찾고 존속과 성장을 보호와 보살핌에 내맡기는 연약한 어린 생명. 자연이 무슨 의도에선가 잔인한 기만을 했고 어미는 속았다. 누군들 안 속겠는가? 인간인들 속지 않겠는가?

첫 문제는 젖 먹기 경쟁에서 지고 있다는 것이었다. 다섯 마리의 형제는 한 배로는 많다. 은연중에 젖꼭지 물기 경쟁이 벌어지고 있었다. 우리는 너도나도 다른 놈을 떼어내고 장애견에게 우선권을 주었다. 제일 토실토실한 놈은 불쌍한 형제를 위해 잠시 젖

먹기를 그쳐야 했다. 앞다리 외에 다른 문제는 없었다. 제때 눈도 뜨고 배도 떼었다. 턱을 괴고. 어쨌든 뒷다리를 폈다.

키우기로 했다. 대안이 없었다. 세 마리는 아파트에서 키우기에는 벅찼다. 이 문제를 해결해야 했다. 레오니와 부드기를 어찌해볼 도리는 없었다. 정이 들었다. 막내는 이 문제가 나오면 눈물 흘리며 방으로 들어가서 단식 농성을 했다. 모두가 그 녀석 눈치를 살펴야 했다. 이모에게 드릴 수도 없다. 구박받을 것이다. 사실 이모는 동물에게 살갑지 않다.

우리는 쓸모없는 논의를 시작했다. 노고를 분할하는 조약을 작성하기 위한. 물론 준수될 수 없다. 똥 치우고 오줌 누이고 산책시키고 목욕시키고 등의 일이 있다. 분담한다고 해도 지켜질 수 없다. 신의가 없으니까. 어머니 몫이 된다. 어쨌건 일을 나눠 하기로 하고 셋을 모두 키우기로 했다. 동물이 다시 늘어나고 있었다. 아버지는 기회만 나면 십자매 얘기를 했다. 그러나 이것은 헛일이다. 누구도 동조하지 않았다. 새를 좋아하는 사람은 없었으므로. 어머니는 협박했다.

"사오기만 하면 그날로 새장 문 열어버릴 테니까..."

사실 새 키우기는 어렵다. 새벽잠을 설친다. 그 녀석들은 일찍 자고 일찍 일어난다. 말 그대로 early bird이다. 지저귄다. 새로운 하루를 맞아 행복하다는 듯이. 그들의 행복이 우리의 불행이다.

해 뜨자마자 일어나야 하니까. 여름엔 다섯 시면 이미 환해진다. 미쳤는가? 누가 다섯 시에 일어나는가?

아, 한 사람 있다. 대장. 우리가 부친을 대장님이라고 부르는 건 은유가 아니다. 그는 실제로 대장님이었다. 직업군인이었다. 군인 정신이 몸에 밴 대장님은 다섯 시면 기상했다. 그러고는 이 방 저 방 기웃거리며 만만한 놈을 골라잡았다. 언성을 높인다. 방이 지저분하다거나 게으르다거나. 그날의 희생양이다. 나머지는 굳세게 버텼다. 이불을 얼굴까지 뒤집어쓰고. 희생자에 대한 애도와 자기 운명에 대한 안도 속에.

새는 대장의 좋은 동료가 된다. early bird의 생활양식을 공유하는. 그리고 새로운 하루를 수선스럽게 시작하는 낙천성을 공유하는. 대장님만으로 힘들어 죽겠는데 새까지 더해지면 우리 인생은 암울해진다. 이 운명은 단독주택에 버리고 왔다. 되찾을 생각 없다.

개는 다행히 적당히 게으른 동물이다. 레오니와 부드기는 특히 게을렀다. 그놈들은 식구보다 먼저 일어나지 않았다. 모두가 기상해서 식사를 마칠 때까지도 방석 밑에서 버텼다. 잠의 달콤함을 아는 놈들이었다. 아침밥 먹이기가 힘들다. 밥보다 잠을 더 좋아한다. 밥은 언제고 거기 있지만 오늘의 잠은 항상 있지 않으니까. 아침이면 두들겨 깨워야 했다. 밥을 먹여야 하니까. 밥이 항상 거기에 있으면 안 된다. 입맛이 까다로워진다. 풍요 속에서 미식을 찾는 건 인간이나 개나 마찬가지다. 기회가 올 때 먹어둬야 한다는 걸 가르쳐야 한다. 안 그러면 한 끼를 굶게 된다. 그러나 이것은 너무 가혹하다. 우리는 타협했다. 깨워서 밥을 먹이는 시도를 해보고 그래도 안 먹으면 치우는 것으로.

아침이면 초등학생 깨워서 밥 먹여야 하는 꼴이었다. 더 자겠다는 놈과 깨워야 하는 우리와의 실랑이.

우리 집에는 아홉 명의 동물이 살게 되었다. 대장은 두 바퀴 리어카 ― 니아카라고 어머니가 부르는 ― 를 연구했다. 그림도 그려보고 도안도 마련하고 또 이리저리 수정도 했다. 지금 식으로 말하면 CAD 작업을 했다. 군대 생활도 그렇게 했다면 명실공히 "대장님"이 됐다. 아이디어를 냈다. 턱받이를 만들어 주자. 대장님은 손재주가 있다. 무엇인가를 고안하기 좋아하고 또 그것을 실제로 만든다. 주로 실패하지만. 어쨌건 적당한 대나무를 스펀지로 싸고 그것을 다시 천으로 쌌다. 그것을 목에 매달아 주었다. 만세! 기발한 생각이었다. 개는 걸어 다닐 수 있게 되었다. 세 발로. 턱받이를 이리저리 밀고 다니며. 하나의 창안은 거기에 부수하는 새로운 창안들을 불렀다. 전용 밥그릇과 물그릇을 만들었다. 바닥을 두껍게 해서 높이가 있는. 고개를 수그릴 수 없으므로. 그리고 그

녀석의 영역에는 높이가 있는 것들은 모두 치웠다. 턱받이를 밀고 다니는 데 지장 없도록.

창안은 턱받이를 굴대와 바퀴로 바꾸었을 때 하이라이트를 이루었다. 축과 바퀴의 발명은 인류사에 획기적이다. 우물에서 쉽게 물을 퍼 올리게 하고 이동을 쉽게 하고 물건 나르기를 수월하게 한다. 그리고 우리 강아지의 운신의 폭과 용이성을 증가시킨다. 시행착오가 있었다. 바퀴가 너무 잘 구르면 안 된다. 뒷발이 구르는 속도를 못 따라가면 대자로 뻗었다. 말린 오징어처럼. 적절한 마찰계수를 가지는 바퀴를 만드는 것은 단지 시행착오에 의할 수밖에 없다. 아날로그 방식이다. 바퀴가 고집을 부려서도 안 되고 너무 밀착되도 안 됐다. 대장님의 끈기와 집념! 우리가 보기에는 완벽했다. 대장님은 새로운 가설을 내놓았다. 얘가 아직 미숙련이라 그렇지 앞으로 점점 빨라질 거다. 따라서 마찰계수가 작은 카트 — 우리는 그렇게 불렀다 — 도 일단 보관해야 한다. 한 번 두고 보자. 이 예견은 틀린 것으로 드러난다. 강아지는 만족했다. 적당한 속도로 다녔다. 오히려 카트가 더 숙련되었다. 쓰면 쓸수록 매끈거리며 쉽게 나아갔다.

후륜구동은 나름의 장점을 가진다. 운전자의 승차감이 좋고 브레이크가 잘 듣는다. 또한, 순발력도 좋다. 잘 뛰어다녔다. 멈춰야 할 때는 뒷발을 앞쪽으로 넣어 미끄러지기만 하면 됐다. 물론 언덕을 오를 땐 불편하다. 바퀴가 이리저리 쏠린다.

이 강아지의 이름을 휠러Wheeler라고 지었다. 유학 시절 나의 라틴어 교수가 Wheeler였다. 많이 웃었다. 우리 강아지는 제법 유능한 고문헌학자와 이름을 같이한다. 교수도 듣고 많이 웃었다. 사진까지 보여 주자 깜짝 놀랐다. 자기 조상도 바퀴 밀고 살았거나 바퀴제작자였을 거라고 말하며.

어쨌건 휠러의 삶은 괜찮은 것이 되었다. 가끔 턱이 헐었다. 그때에는 잠시 턱받이를 풀어주고 옆으로 뉘어주면 됐다. 턱을 소독약 — 옥도정기라고 하는 — 으로 씻어 주고 연고를 발라주면 일주일쯤 지나면 나았다. 그 일주일간은 좀 불편했다. 배변기 위에 안고 가서 몸을 손으로 받쳐줘야 했고 밥을 먹여줘야 했다. 물론 대장님의 부인의 일이었다. 우리는 부모를 착취하는 것을 천부적인 권리로 아는 싹수없는 아들들이었고, 대장님은 기적 같은 창안의 특허권을 평생 확보하고 있었으니까.

우리는 네 마리 강아지를 분양하면서 슬퍼하거나 심지어 섭섭해 하지도 않았다. 깨물면 손가락 모두 아프지만, 특히 더 아픈 손가락이 있다. 예수님도 "길 잃은 양"에 대해 말한다. 자연이 우리를 만들었다 해도 우리가 자연은 아니다. 우리를 만들어 나가는 것은 우리 자신이다. 장애와 선천적 허약은 도태되어야 할 어떤 것이 아니라 우리 자신이 그렇게 될 수도 있었던 불행으로서 보살핌을 받아야 한다. 인간은 운명에 노출된다. 그러나 우리는 개별자가 아니다. 누구라도 법칙과 필연의 노예이다. 내가 나의 세계이고 그가 그의 세계이다. 모두 사슬에 묶여 있다. 누가 연민과 공감에서 자유롭겠는가? 사이코패스가 아니라면.

진흙 위로 불어온 것은 생명의 물질뿐만 아니라 감성이기도 했다. 연민과 박애의 감정을 갖게 해주는. 우리는 돌아서서 말한다. 네가 나를 만들었다고 해도 너의 법칙의 먹이가 되지 않겠다고. 나라는 개체의 안온과 행복 이상으로 다른 개체들의 그것에도 동일하게 마음을 쓰겠다고. 공감하고 같이 불행해지겠다고.

누가 말하지 않는가? 누구를 위해 종이 울리느냐고. 나 자신을 위한 조종弔鐘이라고. 누군가가 불행하다면 우리 자신도 불행하다. 아니 우리의 행운과 건강이 어쩌면 다른 생명 희생의 이면이다. 나의 탄생과 존속과 성장의 길 주변에는 다 같이 살아 나갈 수 있었던 가능한 생명들의 시체가 즐비하다. 누가 개별적일 수 있을까? 우연한 불행과 예기치 않은 행운은 동일한 줄기의 가지들인데. 한 뿌리로부터 나온 여러 포플러 나무들인데. 자신은 단지 똑같은 우연으로 행복할 뿐인데. 불행하다 해도 이웃의 행복에 기뻐할 수 있겠다. 우리 생명의 한 줄기가 안온한 것 아니겠는가?

나는 단지 중얼거렸다. 아직 찬바람이 부는 초봄에. 마지막 강아지가 새로운 주인에게 운명을 맡기게 되었을 때.

"우연에 모든 것을 걸게 될 생명들이여. 그들의 주인들이 좋은 사람이기를. 모두 건강하기를. 천수를 누리기를. 많은 후손을 낳기를. 그렇지만 자기 행복의 이면에는 형제의 가련한 희생이 있다는 것을 기억하기를."

이것이 내가 그들에게 해준 최선의 기원이었다. 작은 부드기들이여!

귀가하면 휠러를 살폈다. 피곤하면 머리가 옆으로 기울었다. 앞에 앉아서 그놈 대가리의 각도를 가늠했다. 음, 85° 정도 되는구먼. 살만한가 보네. 응? 왜 이렇게 기울었어? 피곤해? 어디 아퍼?

휠러는 영리했다. 배변판 앞에서는 U턴을 했다. 바퀴에 똥오줌 묻는 걸 싫어했다. 우리는 그놈에게 말을 많이 붙였다.

"뭐 했어? 오늘 행복했어? 밥은 잘 먹었어? 안 피곤해? 낮잠은 좀 잤어?"

많은 말을 해주면 영리해지고 공감할 줄 알게 된다. 매로 다스리면 안 된다. 개나 사람이나 몽둥이로 해결되는 일은 없다. 개는 많은 말을 들을수록 많은 어휘를 기억한다. 짜증을 내거나 때리면 안 된다. 맞고 크면 공포에 젖은 마비 상태에 있게 된다. 이해력도 떨어진다. 미운 짓을 하면 쌀쌀맞은 태도로 돌아서면 된다. 여성들은 이 효과를 선천적으로 안다. 그러니 이 태도는 보편적으로 효과 있다.

휠러는 7년을 살았다. 평균의 반밖에 못 살았다. 좋은 삶이었을까? 그렇게 믿고 싶다. 다른 개가 누리는 많은 것들을 누리지 못했다. 친교를 맺지도 못했고 산책도 자유롭게 못 했다. 물론 나의 자존심에도 문제 있었다. 사람들의 경탄도 호기심도 동정도 싫었다. 그냥 한 마리의 개로 보아주지 않았다. 사람들이 뜸할 때 안고 동네를 한 바퀴 돌았다.

자주 아팠다. 감기에도 걸리고 피부도 여기저기가 헐었다. 소독약을 바를 때면 찡찡거리며 아파했다. 이러한 것들과 그의 불구가 그를 불행하게 했을까? 관심과 사랑이 그것을 보상하지 못했을까? 그는 춤추듯이 걷지도 힘차게 뛰지도 못했다. 이성과 사랑도 나누지 못했다. 삶에 감사했을까? 삶을 사랑했을까? 목욕을 시킬 때면 얼굴을 바닥에 박고 온몸을 오그려 모든 것을 주인에게 맡겼다. 이 포기가 차라리 안타까웠다. 주인의 손길이 포근했을까? 함께할 때 따스하고 행복했을까? 불편과 공포도 문제 아니었을까?

그랬기를 바란다. 우리는 휠러의 존재에 감사했으니까. 와 준 것이 고마웠다. 많은 행복을 줬다. 사랑의 대상을 지닌다는 큰 행복을. 호흡 소리조차 음악으로 듣게 만드는 그 행복을. 공부하고 있으면 옆에 앉았고 귀가하면 온몸으로 반가워했다. 자라고 하면 자는 척이라도 했고 쉬하라면 배변판으로 갔다. 밥을 줘도 주인을 살피며 먹었다. 주인님이 그새 어디로 나가버릴까.

유학 중에 그의 죽음을 듣게 된다. 어머니는 낮은 목소리로 조용히 말했다.

"너도 알아야 하니까. 오늘 아침에 죽었다. 집에서 죽었다. 크게 힘들어하지 않았다."

어쩌면 이책도

5

유감이다

호오
好惡

목록

내적 사색과 사회적 조화가 좋은 삶의 조건이다. 사회성 없이 홀로 사색하기만을 좋아하는 사람은 편협하고 독선적이 되기 쉽고 사색 없이 사람들과 어울리기만을 좋아하는 사람은 깊이가 없고 경박해지기 쉽다. 전자가 우물 안 개구리고 후자가 시장통의 장돌뱅이다. 두 삶 다 심란하다. 고대의 현인이 괜히 중용의 미덕을 말한 게 아니다.

그런데 원인과 결과를 바꿔 말하고 있는지도 모르겠다. 독단적인 기질로 태어난 사람들은 주로 혼자만의 생각에 빠져 잘난 줄 알고, 가볍고 경솔한 소인배들은 사람들 속에서 시끄럽게 지내기를 좋아한다. 살아보면 살아볼수록 많은 것들이 타고난다는 사실을 절감한다. 그렇게 생겨 먹었는데 어떻게 해 볼 도리가 없다. DNA는 바위에 각인된다. 모래에 각인되지 않는다. 정자가 난막을 뚫는 순간 많은 것이 결정된다. 훈련이나 교육은 제한된 효과밖에 없다.

굳이 기질을 바꾸려 노력할 필요 없다. 그 자체로서 나쁜 기질은 없다. 단지 그것이 나쁜 방향을 취할 때 나쁠 뿐이다. 혼자 있기 좋아하는 사람은 철학자나 엔지니어나 목수가 되면 바람직하고, 어울리기 좋아하는 사람은 무역이나 언론이나 정치에 투신하면 된다. 엔지니어는 맘껏 고독할 수 있고 언론인은 맘껏 주절댈 수 있다. 여기서 말하는 철학은 물론 돗자리 펴고 수상한 소리를 지껄여 대는 그런 철학이 아니다. 그것은 철학이 아니라 야바위꾼들의 협잡질이다. 언어 인플레이션이 만연하다. 음성 인플레이션도 만연하다. 아무리 목울대를 울리고 떠들어 대도 협잡질이 철학은 아니다.

여러 설이 분분하다. 플라톤은 모든 것이 타고난다고 말한다. 군주도 전사도 농부도 타고난다. 아리스토텔레스는 구시렁거리며 거기에 토를 달 터이다. 완전히 그렇지는 않다고. 흄에 이르면 이제 플라톤과의 사이에 전운이 감돈다. 흄은 그 노인네 면전에 대고 싹수없는 야유를 퍼붓는다. 당신 이데아 본 적 있느냐고. 서로 등을 돌린다. 안 맞는 데 어쩔 도리 없다. 사실 승부가 날 수 없다.

이 세상에 그 자체로 옳은 것은 없다. 옳은 것으로 주장되는 것만 있다. "진리"라는 단어는 조만간 소멸할 터이다. 일찍 소멸했어야 했다. 오만은 사라져야 한다.

관념과 경험은 막상막하의 후원자들을 거느린다. 그러나 어느 쪽이 본질적인지에 대해 판결을 기대해도 소용없다. 옳고 그름은 내적 진리에 달려있지 않고, 외적 지지자에 달려있다. 양 진영은 팽팽하다. 어느 쪽도 지지 않는다. 관념과 경험은 이렇게 맞선다.

우리 민족은 절대 사색적이지 않다. "사변적인 한국인"이란 형용모순이다. 이렇게 생각하기 싫어하는 사람들도 드물다. 한국인이 사유에 잠기다니. 말도 안 된다. 우리는 스스로 잘나기보다 잘난 사람으로 보이기를 원한다. 거드름 피우는 자기는 찬양받을 사람이다. 돈이 되는 일, 잘난 체할 수 있는 일. 이 두 개가 한국인이 종사하는 일이다. 따라서 한국인은 사회성이 높다.

그러니 시끄럽다. 중국인 다음으로 시끄럽다. 서로 어울리기를 좋아하고 혼자 있기를 무서워한다. 그래서 언론계가 인기 있는 영역이다. 거기에는 권력도 있다. 메가폰에 대고 떠들어 대는 것이 그들의 권력이다. 철학을 할 수 있는 민족은 아니다. 우리 민족은 매우 물질주의적이고 수선스러워서 남 앞에 나서서 잘난 체하는 것에 목숨을 건다. 그렇게 하면 돈도 명예도 들어온다.

때때로 사회적이면 바람직하다. 어쨌든 인간의 삶은 사회 안에서 가능하다. 먹고 살려면 다른 방법이 없다. 문제는 항상 시끄러움에 처한다는 것이다. 도대체 그 수선스러움을 어떻게 견뎌내는지 모르겠다. 인생사에 조화와 중용만큼 어려운 것도 없으니 좋은 인생을 살기는 쉽지 않다.

삶의 어느 순간엔가 한쪽 방향이 강화되는 경향이 시작되면 되돌리기 어려워진다. 세월은 타고난 성향을 강화시킨다. 아버지 막걸리를 몰래 홀짝거리던 중학생은 술고래의 어른으로 크고 우표 수집을 좋아하는 초등학생은 은행 통장을 수십 개씩 가진 부자가 된다. 나는 통통하고 귀여운 친구로 기억되는 초등학교 동창을 만나서 한참 웃은 적이 있다. 마치 팽이에 못 두 개를 박아 놓은 형국이었다. 통통한 어린이가 돼지 어른으로 나타났다.

나는 사회성이 떨어진다. 내향성 지표검사에서 만점이 나오자 대장님은 한숨지었다. 이래서야 어떻게 장군이 되겠냐고. 육사 입학시키는 것이 대장님의 꿈이었다. 꿈도 야무지셔라. '네'와 '아니오' 외에 다른 말을 못하는 아드님을 어떻게 군인을 시키려고.

짜장면이 먹고 싶다. 마침 모친께서 출타했다. 이때에는 작문을 먼저 한 다음 리허설을 몇 번하고 크게 숨을 들이 킨 다음 조심스럽게 다이얼을 돌린다.

"여보세요. 거기 짜장면집이지요? 여기 주소가요..."

내가 사람을 싫어해서는 아니다. 혼자 있기만을 좋아해서도 아니다. 단지 사람에 대해 조심스럽고 말하는 것을 좋아하지 않는다. 쓸모없는 사람이다. 사회를 기피하는 사람을 무용한 사람이라고 말하지 않는가? 그러나 무조건, 항상 사회를 싫어하지는 않는다. 어떤 사회를 싫어할 뿐이다. 다른 어떤 사회에서는 맘 편히 말한다.

신변 얘기를 서너 시간씩 하는 사람들의 재주가 대단하다는 생각을 종종 한다. 따분하고 무의미한 시끄러움. 어떤 여성들은 피부미용에 대해서만 서너 시간씩 말하는 재주가 있다. 그 주제가 음식이나 옷이나 몸매로 옮겨붙기 전에 얼른 일어나야 한다. 안 그러면 대단히 정력적인 사람들의 대화를 한참 더 들어야 한다. 주제가 세월이나 시댁 얘기로 옮겨 가면 결국 자기 연민으로 끝난다. 팔자타령처럼 들어 주기 힘든 것도 없다. 참고 들으려면 눈물이 나올 만큼 따분하고 지겹다. 이것이 끝이 아니다. 본론이 남았다. 남편과 아이들 얘기는 시작도 안 했다. 모닥불로 시작해서 산불로 번진다. 내 차례가 빨리 오기를. 미용사가 민첩하게 해치우기를. 그러나 그들도 사회의 중요한 구성원이니 내가 견뎌야 한다. 여성분들은 무의미를 공유할 때 행복감을 느낀다. 결혼해서 한 번, 나이 들어서 두 번 카리스마가 극적으로 증대된다. 결혼 후엔 여성의 미덕이라고 말해지는 수줍음과 조심스러움이 더 이상 필요 없다. 가면을 내 던진다. 안쓰럽다. 어떻게 참고 견뎠을까.

남자의 수다는 주로 상스럽고 때때로 역겹고 가끔 야비하다. 더 무섭다. 좀 배웠다는 사람들은 거드름을 피운다. 자기는 똑똑하다. 그러니 너희 위에 군림해야겠다. 개별자란 없다. 너희는 단지 잔류물이다. 내가 만인의 선생이다. 내 학위와 직업이 내가 현인임을 말하지 않는가. 이런 사람은 얼른 그 우월함을 인정해줘야 한다. 이 계열이 밴댕이 소가지기 때문이다. 원한을 잊지 않는다.

이쪽이 차라리 낫다면 더 심한 쪽은 어디일까? 상스럽고 노골적인 사람들이 있다. 삶이 그렇게 점잖은 것이 아니긴 하다. 여자와 남자가 유치한 구애와 수용을 거쳐 거래를 해서 가정을 꾸리고 밤에 어떤 일을 해서 아이를 만들고 치사하고 야비하게 생존 경쟁을 하고 완고하고 분노에 찬 늙은이가 되고 죽어가는 시체로 누워 배우자, 자식, 며느리, 사위 고생 좀 시키고 이제 무덤으로 가서야 삶이란 고역을 끝낸다.

이렇게 보니 삶이 참 비루하다. 누구나 이런 삶을 산다. 그러나 삶의 비루함과 그것의 정당화나 찬양은 좀 거시기하다. 비루한 삶을 조금이나마 낫게 하려고 철학이나 과학이 생겼다. 비루한 삶에서의 성공은 더 비루할 때 가능하다. 선의와 지혜로 성공한 사람을 본 적 없다. 많은 남자들이 자기의 유능성을 자랑삼는다. 사실은 치사스러움과 야비함의 유능성을 말할 뿐인데. 이런 사람들이 세상을 물질의 토대 위에서 설명한다. 이것은 물론 마르크스의 해석과는 다르다. 그는 그렇기 때문에 그 세계가 해체되어야 한다고 말하지만 상스러운 남자들은 그러므로 물질이면 충분하다고 말한다. 이들은 이상하게도 여자 얘기를 많이 한다. 관심의 대부분이 거기로 간다. 먹고살 만할 경우에 육욕 외에 추구될 것은 없다.

"사실은 여자도 그걸 기대한다. 얼마나 좋아하는데."

이런 남자들이 정력에 관심 많고 생식기 크기에 관심 많다. 여자 얘기할 때 짓는 야비하고 뻔뻔한 표정에 똥바가지 퍼붓고 싶다. 누구라도 성적 욕구와 성적 환상을 가진다. 문제는 "야비한" 욕구와 표현에 있다. 이런 사람들이 사실은 여성의 사랑을 받은 적 없다. 결여를 입으로 해소한다.

나는 피한다. 이맛살을 찌푸리면 곤란하다. 태연하게 웃음 지으며 자리를 뜬다. 절박한 핑계를 대고. 주로 학생 시절의 동기들이 서로 노골적이다. 같이 철들면 쉽게 동업자가 된다. 멍청했을 때의 치부를 공유하니까. 이제 나는 동창회도 좋다.

자꾸 딴생각에 잠기는 "백일몽 과잉 증후군"도 나의 비사회성의 한 이유이다. 나는 가끔 상대를 앞에 앉혀 놓고 딴생각에 잠긴다. 주변이 아스라해진다. 상대의 얼굴이 안개에 덮이며 페이드아

웃 된다. 꿈속으로 들어간다. 쓸모 있는 생각에 잠겨서도 아니다. 별것도 아닌 생각에 빠져 상대를 당황하게 만든다. 이것은 물론 나중 생각이다. 나의 백일몽은 주로 로키를 등반한다거나 강에서 연어를 낚아 올리는 등이다. 때때로는 오븐을 껐나 혹은 안껐나로 생각에 잠기기도 한다. 그것을 알기 위해서는 모든 정황적 사실을 살펴야 한다.

심지어 선보는 자리에서도 잠든 적 있다. 커피숍 소파가 깊고 푹신했다. 여성분은 조용한 분은 아니었다. 아니면 내가 조용하니 스스로 불을 지펴야 한다고 생각했던지. 들을 만했다면 안 잤을 것이다. 들을 만한 것은 철학이나 과학이니 어떤 여성분이 그것을 말하겠는가. 솔직히 무엇을 들었는지 모르겠다. "잠 깨세요."라는 외침에 화들짝 깼다. 그걸로 끝났다. 여성분을 위해서는 행운의 잠이다. 나 같은 놈과 결혼해서 무슨 좋은 일이 있겠는가.

이러한 것들이 나를 비사회적으로 만든다. 그러나 더 큰 이유는 웬만하면 참고 넘어가는 사회적 유연성이 없기 때문이다. 이해심이나 참을성이 아예 없다. 한 마디로 관용이 없다. 거기에 성질이 급하고 신경질적이다. 머뭇거리는 사람에게 즉시로 화살을 날린다. 숙고해봤자 별다른 묘안이 나오는 것도 아니라고. 거기에다 여간 깐깐한 성격이 아니다. 어설픈 주장에는 이맛살부터 찌푸린다. 상대편의 입장에서는 이루 말할 수 없이 불편하고 거슬리는 사람일 터이다. 까칠하다. 실증적인 사람들이 까칠하다. 잘난 체 하고 싶지 않은 사람은 없다. 무엇인가 유의미한 거대담론을 지껄여야 잘난 사람이 된다고 생각한다.

"삶이란 이러저러한 거야." 라거나 "민족적 자부심이 있어야 하는 거야." 라거나 "그저 정의로운 사회가 되어야지." 등등. 욕지기가 올라온다. 이 무슨 개소리들인가? 나는 퉁명스럽게 답한다. "삶이란 걸 본 적은 있지요?"

상대편의 말이 억지스럽거나 부당하면 딴지를 건다. 어떤 경우에도 그의 주장의 근거를 알고 싶어 한다. 이유의 뒷받침이 수상스러우면 내 안에서 창자가 꼬이고 위장에 가스가 찬다. 도저히 견딜 수 없다. 거기에다 당사자가 거드름까지 피우면 구토증이 올라온다. 사실 근거 없는 독단에는 왕왕 거만이 동반된다. 아니면 자애로움을 위장한 미소든지. "신토불이인 게야." 할 때의 그의 표정을 보라. 얼마나 자만에 차 있는가.

그러나 궁금하다. 이 주장대로라면 이민자들은 다 질병에 시달리며 단명하겠다. 그리고 모든 인류는 그 기원인 아프리카의 음식을 먹어야겠다. 언어도단이다. 이럴 때 나의 창자가 꼬인다. 지중해 연안의 고대 그리스인들이 더 단명하지도 않았고 재미교포들이 더 단명하지도 않다. 그들이 한국의 음식을 공수해 먹는 것도 아닌데. 이런 헛소리를 앵무새처럼 뇌는 것보다는 생산비용과 유통비용이나 줄여주기 바란다. 그러면 나도 우리 농산물 먹겠다. 자기 이익은 정의로움을 가장한다. 기만이며 허구이다. 자기 이익의 요구를 솔직히 말하는 것이 낫다. 정의$_{justice}$라는 것은 공허한 개념이다. 단지 "강자의 이익"이다. "비싸더라도 우리 농산물을 소비해 달라. 도우며 살아야 하지 않는가? 당신 주위에 가난한 사람이 있다면 당신 맘은 편하겠는가?" 이쪽이 좋다. 자존심 내세울 일이 아니다.

살아오며 내가 가장 많이 한 질문은 "그 이유가 뭐지요?"일 것이다. 이런 사람은 사회에서 환영받지 못한다. 귀찮고 성가신 사람이다. 권위에 순종할 줄 모르는 싹수없는 인간이다. 그러려니 할 줄 알아야 하는데 유연성이 없다. 몽테뉴 말마따나 "보이는 것보다는 보아야 할 것을 보아야 하는데" 보이는 것 모두를 볼 뿐만 아니라 거기다 대고 꼬집어 대기도 하니 그 사회적 삶이 매끈할 리 없다. 아무튼, 내가 인격자는 아니다.

내 인생은 그들이 보았을 때 좋은 것이 아니다. 같이 어울릴 친구도 별로 없다. 여러 사람에게 걱정을 끼치며 살아왔다. 그들에게 삶이란 먹고 사는 문제이니 나의 비사회성은 우선 밥 굶을 노릇이다. 그리고 삶의 의의와 행복은 오로지 자기 바깥에 있다고 생각하는 사람들이니 나의 전체 삶이 온갖 불행을 겪을 것이라 상상한다. 사색이나 고독에도 일말의 즐거움이 있다는 사실은 상상조차 할 수 없다.

외로움에도 중독된다. 내 삶은 내게 맞는 외로움을 주었다. 오랜 외국 생활을 했다. 그것도 캐나다와 미국의 한적한 곳에서. 일주일에 사흘 출근했고 나머지 날들은 집에 박혀 있었다. 그때에는 우편함 외에 내가 외부로 연결된 통로는 없다. 전화조차 안 왔다. 날씨가 좋으면 텐트와 침낭을 챙겨 넣고 트레킹을 갔다. 숲은 적막강산이다. 걷고, 밥해 먹고, 자고, 생각에 잠기고. 나쁘지 않다. 물론 이렇게 사나흘이 가면 따분해지기 시작한다. 이제 사회로 돌아갈 때이다.

사회로 복귀하면 그 외로움이 그리워진다. 어느새 중독되어 있다. 시끄러움과 복잡함이 견디기 어렵다. 한국에 귀환했을 때에는 외출 자체가 고역이었다. 도시 전체가 시장이었고 사람들은 정말 많은 말을 했다. 모두가 아무 생각도 안 하고 사는 것 같았다. 다들 행동하고 말하기에 바쁘다. 각자가 자기 말을 들어줄 사람을 찾아 헤맨다. 도대체 이 나라에 경청이라곤 없는 것 같다.

인간희극을 관람하고 싶으면 술집에 가보라. 예닐곱 명의 손님이 테이블 두 개를 붙여서 떠들어 댄다. 그 양상이 웃긴다. 순서는 이렇다. 말발 센 사람이 거드름을 피우며 술자리의 의의에 대해 한바탕 짖어 댄다. 전혀 쓸모없는 계몽서사를 읊는다. 세계회

의의 의장이다. 청중은 소리 지르며 술잔을 맞부딪친다. 이탈리아어가 나온다. "브라보!" 민족주의자들은 "위하여!"라고 외친다.

목소리 큰 사람이 좌중을 장악하고 기염을 토하고 대가 좀 약한 사람들은 "일단" 자기 일에 몰두한다. 먹고 마시고. 취기가 돌고 의장이 지쳐간다. 이때 세계는 자치화된다. 봉건영주들이 자기의 기사knight에게 떠들어 댄다. 대체로 일곱 명이 떠들고 한 명이 듣는다. 물론 먼저 각자가 자기 청중을 구한다. 그러나 누구도 듣고자 하지 않는다. 마지막 한 명이 먹이가 된다. 일곱 마리의 독수리가 한 마리의 토끼에 덤벼든다. 이렇게 두 시간쯤 간다. 이것도 시시해진다. 맘껏 목울대를 운동시켰다. 이제 한 번만 더 소리치면 된다. 대리운전기사의 호출에.

사람이 가치 있어지는 것은 말함에 의해서가 아니라 듣는 것에 의해서다. 듣는 사람만이 배울 수 있으니 실속 있는 일이기도 하다. 또한, 모두가 주절거리고 싶어 하는 사회에서는 잘 들어주는 것만큼 인기와 호감을 얻을 수도 없다. 심지어는 돈도 생긴다. 정신과 의사들은 듣는 것으로 돈 번다. 대체로 멍청하고 실속 없는 사람들이 말이 많다. 영리한 사람들은 말하기보다 행동으로 보여준다. 장광설은 낮은 지능의 증거다. 국회나 대학은 이런 사람들로 붐빈다.

어쨌거나 문제는 나다. 친지들은 내가 불편하다. 아무 말도 없이 자기네와는 분리된 채로 멍하니 앉아 있는 꼴이 영락없는 이방인이다. 그들은 집안의 결속과 번영을 시끄러운 친근함으로 입증하고자 한다. 그러나 나는 잠이나 잤으면 좋겠다. 사실 집안 모임에 출두하는 것 자체가 귀찮고 피곤하다. 왜 그렇게 자주 모여야 하는가? 구성원들이 그렇게까지 친선을 도모할 이유가 어디 있는가?

한 번은 제안을 했다. 명절 때마다, (얼굴도 모르는) 누구 제사 때마다, 누구 생일 때마다 모이기는 힘들다. 통폐합하자. 구정과 추석에 모든 기제사와 생일을 통폐합하자. 무슨 배짱이었을까. 실익도 못 얻어낸 건 불구하고 욕을 바가지로 얻어먹었다. 며느리들은 좋아했다. 확실했다. 그 말을 하는 순간 눈이 기대에 찬 반짝임을 보였으니까. 곧 실망했지만.

젊은이들은 이 모임의 부당한 희생자이다. 좌절감과 피폐함 속에서 모임을 마감한다. 나는 이것도 참지 못한다. 심한 분노를 드러낸다. 집안사람들도 더 이상의 기대는 없다. 이제는 본래 그런 사람이려니 한다.

잘난 노인네들은 못난 젊은이들의 심기를 마음껏 건드린다. 간접적일 때 더 가증스럽다. 곁눈으로 흘끗 보고는 수다가 시작된다.

"누구 집 아들이 이번에 어디 회사에 취직했는데 월급이 얼마고 보너스가 얼마래. 대기업이 좋아. 곧 결혼할 거래. 며느리 될

애는 직장이 어디고 장인 될 사람은 어디 공무원으로 퇴직했다는데 잘 산대. 얘는 인물도 좋아. 키도 훤칠하고."

이 노인네는 겁도 없다. 자기 손주와 영원히 결별해도 괜찮나 보다. 비교되어 기분 좋은 사람 없다. 잘났다 해도 그 위에 더 잘난 사람이 있으니까. 더 잘난 사람이 없다면 상상으로 만들어 낸다. 온갖 근거 없는 가상의 얘기들이 난무한다. 대체로 늙어갈수록 용감해진다. 이상한 노릇이다. 온갖 풍상을 고통스럽게 견디며 늙었을 텐데 젊은이들이 앞으로 겪게 될 풍상과 관련해서 공감조차 없다. 이기적이다. 나는 어쨌든 생존했다. 그러니 앞으로의 고생은 젊은 놈들 몫이다. 노년은 무능조차 덮는다. 그 노인네도 젊었을 때 주로 패배자였다. 그럭저럭 늙었을 뿐이다. 그러나 찌질했던 시절의 사실들은 세월이 장막을 쳐서 덮어버렸다. 자기는 그 어두움 위에 올라타고 젊은이들 가슴에 못을 친다.

내가 한 노인네와 정면으로 충돌했던 사건 하나. 모든 것이 끝나고 과일과 커피를 둘러싸고 집안 구성원 전체가 앉아 있다. 조심스러움을 위장하며 한 노인네가 한 젊은이를 먹이로 삼는다. "너 결혼 안 할 거냐? 여자 친구는 있니? 나이는 자꾸 먹는데 어쩔 거냐?"

젊은이는 못들은 체 넘기려 한다. 이 시점에서 조카인 나의 분통이 터지고 말았다. 일단 똑같이 묻는 것으로 시작했다.

"너 여자 친구 있니?" 그놈은 내가 자기편이라는 사실을 안다. 미소 지으며 대답한다.

"있었다, 없었다 해요."

"그거 아주 좋다. 계속 있으면 결혼해야 한다. 여러 여자를 조금씩 바꿔가며 만나라. 경험을 많이 쌓아라. 본래 경력사원 우대다. 결혼해서 좋은 거 없다. 고생만 남는다. 지금처럼 혼자 살아라. 혼자 살기도 힘든데 가족 부양하려면 뼛골 빠진다."

왼쪽에서 나를 향한 강렬한 레이저를 느꼈다.

"아니 무슨 소리냐. 다들 결혼해서 사는데. 고생하는 게 인생이다. 더 늦기 전에 애도 낳고 해야지."

드디어 나의 마지막 분통이 장엄하게 터졌다.

"아니, 얘가 결혼하면 집이라도 사줄 거예요? 전세라도 얻어 줄 거예요?"

결혼하는 게 하나의 생활양식이라면 독신도 하나의 양식이다. 법을 어기지 않는 한 각자가 스스로 군주다. 각각의 취향은 서로 독립적이다. 누가 누구에게 무엇을 권하는가? 늙은이들은 국가재정을 탕진했고 후손에게 빚만 남겨줬다. 거기에 연금과 의료비 등으로 젊은이들의 마지막 등골까지 휘게 한다. 착취자이다. 미안하지 않은가? 한편에서 눈치나 보고 살 노릇이다. 모질게 긴 노년을 탄식하며.

정말이지 나는 까칠하다. 어떤 종류의 합리화도 못 견디겠다. 이러한 기질을 가진 사람이 외로움을 두려워한다거나 혼자 즐기는 취미를 안 가졌다면 인생살이를 더욱 힘들게 살아나갈 것이다. 다행히도 외로움도 잘 견디는 편이고 하잘것없는 여러 취미에도 몰두하는 편이다. 새로운 취미를 만들기도 하고.

요사이 흥밋거리를 하나 발견했다. 좀 유치하지만 실제 몰두하면 생각보다 재미있다. 때때로는 자못 진지한 것이 된다. 창조적인 놀이는 대체로 혼자 즐기는 것이다.

그것은 "호오 목록"이란 것으로 먼저 좋아하는 음식 · 싫어하는 음식, 좋아하는 시인 · 싫어하는 시인, 좋아하는 색 · 싫어하는 색 등의 목록을 만든 다음 각 항목에 내 기호대로 써넣어나가는 것이다. 가령 좋아하는 소설가에는 레이먼드 카버, 나보코프 등을, 싫어하는 소설가에는 토마스 만, 알렝 드 보통 등으로. 지금까지 이백여 개의 항목을 만들었고 매일 새로운 항목이 한두 개씩 덧붙여지니까 곧 삼백 개가 된다. 몇 개로 끝나게 될지는 모르겠고.

알기 어려운 것은 "열 길 물속보다 깊은 (다른) 사람의 마음"일 뿐만 아니라 자명할 것 같은 자신의 마음이기도 하다. 이것은 사람들이 보통 자기 마음을 잘 보살피지 않기 때문이고 자기 자신을 객관적으로 바라보지 않기 때문이다. 그러나 이런 식으로 목록을 만들어보면 자신이 어디에 주로 관심을 가지는지, 어디에 완전히 문외한인지도 알 수 있고 또 자신이 어떻게 살아온 사람인가도 알 수 있다. 이 목록은 개인의 자기소개서로도 훌륭하다.

우리 사회는 개인의 가치와 능력을 계량화하지만 이것이 지닌 단점은 분명하다. 개인의 심적 정서와 삶의 태도는 계량화되지 않는다. 이러한 목록이 이력서나 생활기록부에 첨부되면 계량화의 약점을 보완할 수 있다. 거기에 선택의 이유까지 적으라고 하면 후보자의 모든 능력을 다 검증할 수 있다. 사람들은 곤혹스러워 할 것 같다. 그들은 자신이 기분만으로 세상을 살아왔다는 사실을 알게 된다. 사실 자신의 호오에는 어떤 뚜렷한 이유가 없었다. 모두 기분만으로 사물을 보는 바보와 미치광이였다.

그것뿐이 아니다. 이 목록은 자기반성의 자료로도 쓸모 있다. 항목을 채워나가며 나 자신 얼마나 무미건조한 사람인가를 알 수 있었다. 가령 가장 좋아하는 철학자와 가장 싫어하는 철학자의 경우에는 유구무언이었고 가장 좋아하는 역사상의 인물과 싫어하는 인물에서도 막연했다. 어떤 때는 호는 있어도 오는 없는 경우가 있고 또 그 반대의 경우도 있었다. 쉽게 채울 수 있는 항목은 역시 먹는 것, 영화, 소설 등이었다. 실망스럽고 짜증스럽다. 세상에 자기애가 없는 사람은 없는바 나는 내가 좀 더 잘난 사람인지 알았다. 가장 좋아하는 때로는 "잠자는 때와 먹는 때"를, 가장 싫어하는 때로는 "아침 기상할 때와 면도할 때"를 들었다. 그리고 가장 싫어하는 인간군人間群 란에는 "부패한 관료와 오만한 학자"를 좋아하는 인간군에는 "자기희생적인 사람들"을 기입했다.

어린이의 특징 중 하나는 "자신만을 생각한다"는 것이고 어린이 놀이의 특징은 자신만의 가공적 세계를 만든다는 것이다. 주변의 인물에 새로운 옷을 입히고, 주변 사물의 의미와 질서를 자기의 상상에 맞추어 창조하고 배열하여 자신만의 세상을 구성한다. 조심할 노릇이다. 어린이의 세계 속에서 누군가는 "애꾸눈 잭"일지 모른다. 어린이는 타고난 예술가이다. 이 놀이는 곧 끝난다. 우리 문화는 이 어린이들을 어른을 못 만들어서 안달한다. 어린이들은 곧 여러 의무로 시달리게 된다. 부모의 대리전쟁에 뛰어든다. 남을 이기고 잘 살아야 한다. 과거 놀이의 유치함과 어리석음에 때때로 미소 짓는 것이 어린 시절 놀이의 유일한 잔재가 된다. 이렇게 해서 소위 철이 들어간다.

철이 안 들고 말았다. 혼자 있는 것을 좋아하고 혼자서도 가능한 놀이들을 보존하다 보니 비웃음을 살지도 모를 이러한 목록도 만들고 거기에 이것저것을 집어넣어 혼자 시간을 보내기도 한다. 이 우스운 놀이에 부여하는 가당찮은 진지함이란. 이맛살을 찌푸리고 머리를 저어가며 골백번을 생각한다. 제일 좋아하는 정치가가 누구였더라. 어떤 날씨를 제일 싫어했더라.

아무리 관대하게 생각해보아도 사람 사귀는 데에는 흥미도 소질도 별로 없다. 정해진 목적과 할 일이 있지 않은 한 여러 사람과 함께 있으면 어딘지 불편하고 당황해하고 부자연스러워한다. 그러나 사람을 사귀고 친해진다는 것은 무목적적이어야 한다. 같이 있기 위해 같이 있어야 한다. "사랑을 위해서만 사랑해주세요."라고 어느 시인이 말한 것처럼 우정은 우정 자체만을 위해 헌신할 때 가능하다. 문제점을 많이 지적당했고 사람들의 우려도 샀다. 나름대로 애도 써보았지만 성향에 어긋나는 것을 꾸준히 하기는 불가능하다. 얼마 안 가 다시 극장에 홀로 앉아 있다. '여·남·남·남·여'의 순서 중에 가운데 남_男이 누구겠는가? 뭔 쌍이 그렇게 많은지.

대학 때 동기들에게 발견된 것은 2학기가 되어서였다. 뒷자리에 앉아 있다 수업이 끝나면 조용히 사라졌다. 소속된 단체에 대해 바라는 것은 제발 나를 "있으나 마나"한 사람으로 치부해 달라는 거였고 이 점에 있어 고등학교 때보다는 대학 때가 좋았다. 여러 백일몽에 잠겨 따분한 시간을 견뎌 내기 쉽다.

부반장으로 선출된 적이 있다. 고등학교 1학년 때. 매점에서 빵과 우유를 먹고 왔더니 이것들이 멋대로 부반장을 만들어 놨다.

공포에 질렸다. 반장 부재 시에 반장 노릇을 해야 한다는 말을 들을 땐 몸이 후들거렸다. 내 수심에 모친이 물었다. 학교 자퇴한다고 협박했다. 모친이 담임을 만났고 벼슬에서 물러났다. 행복한 학창시절이 다시 시작됐다. 벼슬자리에 있으면 정치를 해야 한다. 정치보다는 망상이 좋다.

망상妄想은 사실 말하기 부끄러울 정도로 하잘것없다. 근본적인 성격은 어린이의 놀이와 다를 것이 없지만 도구가 필요 없다는 것만이 다를 뿐이다. 예를 들면 내가 에베레스트를 등정하는 등반대의 한 대원이라고 생각하기도 하고 소크라테스 시대의 아테네의 한 시민이라고 상상하기도 한다. 히말라야에 가보고 싶었다. 아찔하고 현기증 나는 광경이 있을 것 같다. 휘몰아치는 눈보라 속에서 몸을 앞으로 숙인 채로 전진해 나간다. 그럴 주제가 안 된다는 사실을 알지만 백일몽 속에서는 무엇이든 가능하다. 고대 그리스인이 되고 싶었던 이유는 투키디데스의 전쟁사를 읽고서였다. 거기에서 벌어지는 논전이나 전개되는 연설은 불꽃 같았다.

수력 발전소의 소장이나 먼 섬마을의 초등학교 교사를 꿈꾸기도 했다. 이 경우는 낚시를 실컷 할 수 있다는 희망에서 나온 백일몽이다. 이때 누군가가 나를 쳐다보면 눈을 반짝거리려 애쓴다. 좌중에 깊이 참여하는 척한다. 그러나 순식간에 망연자실로 돌아간다.

어떻게 보면 인구가 많고 번잡스러운 대도시가 내밀하고 고독한 인생을 살기에는 좋다. 사람들이 많다 보니 사람 자신이 삶의 무대의 배경이 된다. 전형적인 사람이 되면 배경 속에 녹아들기는 더욱 쉬워진다. 내 복장과 신발과 차림새에 대해 부과하는 유일한 규준은 "남의 눈에 띄지 말 것"이다. 계절별로 전형적인 옷을 입고 다닌다. 갈아입고 갈아 신기 위해서 같은 옷이나 신발을 두 개씩 산다. 겨울나기로는 감청색 재킷에 회색 바지가 각각 두 개씩이고, 봄과 가을을 위해서는 역시 감청색 재킷에 갈색 바지가 각각 두 개씩이다. 새 옷을 사야 할 경우에도 갈등이나 선택의 여지가 없다. 똑같은 것으로 사면 된다. 옷장이나 신발장을 보는 사람은 아연해 한다. 도대체 똑같은 옷들만 걸려 있고 똑같은 구두만 세 켤레가 있으니. 남의 눈에 두드러지는 사람이 되기 싫고, 또 "좋은 일로나 나쁜 일로나 남의 입에 오르내리는 것" 역시 불안한 노릇이다.

그럭저럭 나는 개성이 없고 있으나 마나 한 사람이 되는 것에 성공한 것 같다. 나에 대한 평가는 "놀 줄 모르는 재미없는 사람", 혹은 "사람을 별로 좋아하지 않는 비사회적인 인물"로 낙찰되고 말았다. 나의 인생은 인간관계에 있어서 실패의 연속이었다. 내가 아쉬운 처지에 있거나 상대편을 설득해야 할 입장에 있을 때에는 정말이지 힘든 상황에 부딪힌다. 최선을 다해 이리저리 이야기하지만 옆에서 보는 사람은 분통이 터지는가 보다. 몇 마디하고는 제 깐에는 다 떠들었다는 듯이 멍하니 앉아 있으니. "이쯤이면 설득되었겠지."하고 의기양양해 하면서. 사실 할 얘기가 별로 없다. 부연 설명에는 소질이 없다. 학생들에게는 영 좋은 선생이 아니다.

취미 역시도 교제가 요구되는 것이 없다. 낚시, 독서, 음악 듣기, 낙서하기, 그림 베끼기, 요리하기, 망상에 잠기기, 걷기, 달리기, 산에 오르기, 오디오 꾸미기 등. 그리고 이 취미들도 누구에게 지도를 받거나 교습소에 다니며 익힌 것이 아니라 일단 교과서를 사고 그것을 참고삼아 습득해나갔다.

바둑도 했지만 그만뒀다. 겸손하게 이기기도 힘들고 의연하게 지기도 어렵다. 시간도 너무 많이 들었다. 인간관계를 잘 이끌고자 하는 사람들은 승부가 걸리는 게임은 안 하는 것이 좋다. 지고 기분 좋은 사람 없다. 묘한 분위기가 감돈다. 그 불편을 참기 싫다.

낚시 같은 경우에는 몇 년 전부터 지니게 된 취미인데 도서관에서 낚시에 관한 모든 책을 빌려서 마치 시험공부 하듯이 외고 익혀나갔다. 낚시 동료는 기가 막혀 했다. 이것은 캐나다에서였다. 이렇게 몇 개월을 하고 나니 이론만으로는 이미 수년의 경험을 가진 낚시꾼들을 앞지르고 있었다. 덕분에 캐나다의 물고기들다 먹어 봤다. 지금이야 그럭저럭 보통의 낚시꾼이다. 그리고 최근에 "호오 목록"이 이러한 취미에 더해졌고.

살다 보면 어쩔 수 없이 참석해야 하는 모임이 있는 것이니 억지 춘향식의 "앉아 있기"를 감수해야 한다. 그때에는 최대한 목을 움츠려서 남의 눈을 피하고 그중 제일 말이 없는 참석자 곁으로 간다. 그러고는 꿀 먹은 벙어리가 되어 서로 딴전이나 피운다. 그래서 "김 서방"과 나는 언제나 집안 모임의 동반자이다. 다행이다. 김 서방이 없었더라면 화장실에 더 자주 갔을 것이고 구석에 훨씬 더 오래 박혀 있었을 터이다.

우리 둘은 사람들 간에 오가는 대화에는 완전히 귀머거리가 되어 앉아 있다. 때때로 내가 꼭 알아들어야 할 듯한 말이 나오면 ― 누군가가 나에게 직접 묻는 경우 등 ― 되묻게 된다. 의아한 표정으로. 나는 백일몽에 잠겨 있었으므로.

친구가 가끔 집에 오면 성의를 다한다. 그 성의는 준비 과정 중에 있다. 계획을 짠다. 어떤 주제의 이야기를 해야 하나, 어떤 놀이를 해야 하나, 몇 시간을 같이 지내야 하나 등등. 이것들이 소진되면 갑자기 멍해진다. 의기소침해지고 당황스럽기조차 하다. 일반적인 여러 놀이에는 평소에 소양을 닦아놓지 않았으니 무능하고, 또 재미도 못 느끼고, 취미도 없으니 같이 놀 거리가 별로 없다. 내가 할 수 있는 것은 상대편의 흥밋거리가 아니다. 트랜스포머의 임피던스를 말해 줄 수도 없다. 그는 오디오의 소리와 외양에 관심을 가질진 몰라도 기계적 측면은 싫어할 터이다.

이때에는 그의 관심사에 집중하려 애쓴다. 어쨌든 손님이니까. 어떻게 이렇게 취미가 안 맞을까? 그는 여자 얘기나 포커 게임을 원한다. 다른 모든 것을 양보하고 상대편을 즐겁게 해주려 하지만 내가 별로 흥겨워하지 않는다는 것을 상대편이 모를 리가 없다.

집안 잔치가 있을 땐 막다른 골목에 갇히게 된다. 다른 모임이야 내가 피하면 되고 또 이리저리 핑계를 대면 되지만 집안의 문제는 "도덕과 윤리와 삼강오륜" 등이 거론되는 종류이니 도살장에 가는 소의 심정으로 참석한다. 이제 하루치의 고역이 있다. 삶에 공물을 바쳐야 한다.

얼굴 근육을 최대로 부드럽게 하고, 위선적인 웃음을 만면에 띤다. "여러분을 만나서 기쁘고 집안의 융성이 흐뭇하다."는 느낌을 주려고. 잔치 시간 내내 이 표정을 흩뜨리지 않으려고 노력한다. 요사이는 비디오 촬영을 하기 때문에 권태롭다거나 짜증스럽다거나 하는 표정을 순간적이나마 짓는 것도 매우 위험하다. 언제 포착될지 모른다. 잠시 가식적인 사람이 된다거나 중요한 사람 앞에서만 가식적인 사람이 되는 것은 그럭저럭 가능하다. 그러나 이 가식을 몇 시간이고 모든 사람 앞에서 유지하는 것은 보통 어려운 일이 아니다. 이때에는 별수 없이 화장실을 자주 들락거리게 된다. 변기에 앉아서 얼굴 근육을 이리저리 주무르고 다시 나온다. 진짜다.

고대 그리스의 아케이즘 조각상들을 부러워한다. 만약 그런 입꼬리와 눈자위를 타고난 것으로 지니고 있다면 지금보다는 좀더 출세하지 않았겠나 싶다. 화살을 쏘면서도 웃고 하늘을 받치고도 웃고 죽어가면서도 웃는다. 생각건대 경찰력이 지금보다 못하고 형사소송법이 지금처럼 발달하지 않았을 때는 그러한 미소만이 유일한 자기 보호책이었나 보다. "나는 당신에게 우호적인 사람이고 당신을 해칠 의사는 전혀 없습니다."라는 것을 미소처럼 잘 보여줄 수는 없었을 터이다. 그래서 미소 자체가 표정이 되었을 것 같다. 그렇지 않고서야 그 부자연스러운 미소를 죽어가면서까지 지을 수는 없다. 어울려 산다는 것에 대해 나 같이 어려워하는 사람은 아마도 일찍 제거되었을지 모르겠다. 그리고 보면 멋대로의 돼먹지 않은 표정을 짓고 사는 나의 자유는 문명과 법률의 덕이겠다.

전화 받는 것도 싫어한다. 혼자 있을 때는 벨 소리를 무시해버린다. 잘 들리지도 않을 정도로 벨 소리를 낮춰 놓는다. 누군가가 수화기를 건네주면 사실 할 말이 없다. 물론 너스레를 떤다. 마치 전화를 기다리고 있었다는 듯이. 나도 살아야 하지 않는가. 상대편이야 나의 안부가 궁금하기도 하고 또 자기 자신과 관련한 하소연으로 공감받고 싶은 것일 터이다. 그러나 사는 것이 별다른 것도 아니고 누구의 삶이 더 특별할 것도 없다. 좋은 일이 있으면 운명에 감사하고 불운에는 구원의 호소 없이 견뎌내면 된다. 그것으로 이리저리 전화할 일은 아니다. 그러니 상대편에 대한 관심과 집중은 1분을 넘기기 힘들고 끊을 기회만 살핀다. 상대편이 잠깐의 휴지기를 갖는 순간 "그럼 언제고 제가 전화 드리지요." 하고는 얼른 끊는다. 내가 전화할 일은 없을 것이다.

보통의 경우에는 가족에게 나의 가슴을 먼저 가리킨 다음 허공에 ×표를 그어댄다. 혹시라도 내게 온 것이면 "나 없다고 그래."이다. 사람들은 말한다. 그래도 사는 것이 그런 것 아니라고. 사는 것은 공감의 문제라는 얘기인가? 그러나 그 사람들의 공감과 내 공감은 다르다. 학대받는 개나 갇혀 있는 동물들에는 그들의 슬픔과 고통에 공감한다. 태어나지 말았어야 한다. 어쩌다 생명을 얻은 중생이 되어 그들만도 못한 다른 중생들에게 학대받는다. 그 다른 중생들... 그러나 유감스럽게도 일상적인 문제에는 공감 능력이 없다. 살만한 사람들 아닌가. 차라리 이메일을 보내면 편하다.

가장 당황스럽고 힘든 경우는 회중 앞에 끌려나가서 노래나 무엇이건 우스갯소리를 하라고 요구받을 때이다. 겸양의 태도를 보이며 거절하지만 "분위기를 깬다."는 비난과 "최소한의 성의를 보이라."는 등의 요청이 빗발친다. 가사를 제대로 아는 노래가 하나도 없고 또 좌중을 재미있게 할 이야깃거리가 없다. 넋을 잃고 당황하며 서 있게 된다. 누군가가 안쓰럽다는 듯이 "내가 대신하지."하고 나서면 눈물겹게 고맙다. 얼른 화장실로 도망간다. 화장실의 고마움은 "항문기적" 쾌감을 주는 데에도 있지만 이렇게 정당한 이유로 도망갈 구실을 주는 데에도 있다. 어느 땐가는 진지하게 가사를 왼 적이 있다. 디스크까지 사서 따라 부르느라 애썼다. 그러나 인간은 자기가 싫어하는 일을 단지 의무로만 할 때에는 효율이 없다. 돌아서면 그냥 가사를 까먹는다. 또다시 꿀 먹은 벙어리 노릇을 한다. 어떤 경우에는 풍류가 있는 친지를 매수하기도 한다. 내가 혹시 지명된다면 대신하겠다고 나서 달라고.

군대 생활을 할 때에는 군가를 부르곤 했다. 그러나 선임병들은 "사제私製 노래를 부르라."는 곤혹스러운 요구를 한다. "맞을래, 부를래?" 하기에 "맞겠습니다." 했고 이것이 소대원 전체를 아연하게 만들었다. 이런 식의 반항은 유례가 없는 것이었고 용납될 수도 없었다. 그날 저녁에 처음으로 정신을 잃을 정도로 마셔댔다. 한편으로 억울하고 다른 한편으로 모든 것이 싫었다. 사회는 전제군주이다. 개인을 소비해서 태우려 한다.

정말이지 남 앞에 나서기를 싫어한다. 반대로 나선 사람을 보는 쪽을 차라리 좋아하고 이리저리 생각하기를 좋아한다. 남의 주시를 받는다는 것은 불편하고 감당하기에 힘겹다. 물론 어떤 정해진 주제하에 목적이 분명한 무엇인가를 말해야 한다면 태연자약하게 열심히 하지만 우리네 정치가들이나 TV 출연자들처럼 상황을 창의적으로 이끌어나가거나 입에서 침을 튀겨가며 웅변을 해야 한다면 차라리 밥을 굶는 게 더 낫겠다. 어떤 때는 강연자를 바라보며 감탄이 절로 난다. "어떻게 저렇게 따분하고 무의미한 얘기를 한없이 할 수 있을까! 참으로 희한한 재주를 타고났다." 거기에다 말도 안 되는 기교까지 부릴 땐 역겹기까지 하다. 못 참는 것은 이것뿐만이 아니다. 먹고 사는 얘기나, 자기 처자식 얘기나, 잘난 자신의 얘기를 참고 듣는 것은 지옥에서 히틀러와 같은 벤치에 앉아 있는 정도의 고역이다.

사회적 삶이 힘들다. 높거나 비중 있는 분이 떠들어댈 때에는 그것이 무슨 헛소리이건 재미있거나 의미 있다는 듯이 경청하는 성의를 보여야 하고, 착한 보통 사람들이 일반적으로 관심 있어 하는 주제에는 나도 흥미를 느껴야 인생살이가 쉬울 텐데 "아닌 것은 죽어도 아닌" 사람이고 동의 못 할 것에는 죽어도 동의 못하는 사람이니 문제가 된다. 그러나 사회가 나보다 힘이 센 것은 분명한 사실이다. 내 생각대로 말하다가 욕을 얻어먹은 적이 한두 번이 아니니 무슨 말이고 하기 두려워진다. 사회를 두려워하고 사람을 피하는 경향이 더욱 강화된다.

힘들고 불편한 것은 나만이 아니다. 나의 주변 사람들도 나로 인해 똑같이 힘들다. 같은 취미나 인생관을 공유하지 않는 사람이 옆에 있을 때에 그는 계속하여 비판받는다는 느낌을 가지게 되고 자꾸 눈치를 살피게 된다. 그러니 결국 자리를 피해주어야 한다. 내 까다로움과 고집스러움 때문에 그들이 피해를 본다는 것은 부당하다. 그들이 다수이다.

우리 민족의 전체적인 기질은 내 기질과는 상반되는 것 같다. 모이기를 좋아하고 이야기하기를 좋아하고 노래 부르고 춤추기를 좋아한다. 내 집은 유원지 옆의 한 아파트인데 일요일이면 벌린 입이 다물어지지 않을 때가 있다. 광란적인 가무가 벌어진다. "그럼, 사는 재미가 있어야지." 어떤 사람의 말이다. 하기야 주신酒神 디오니소스도 비중 높은 신이고, 이성을 갖춘다는 것 이상으로 이성을 잃는다는 것도 때때로 필요하다. 그러나 모든 놀이가 왜 그렇게 모여서 시끄러워지는 것으로 시작되는지 모르겠다. 이제는 모임으로도 부족하고 전화로도 부족하여 이동통신마저 성업 중이다. 장소 불문하고 시도 때도 없이 전화벨이 여기저기서 울려댄다. 옆에 있는 사람들은 의식도 하지 않은 채로 소리를 질러대면서 대화에 열중한다. 이 세상에 자기만 사는 것도 아니고 그 공간에 자기만 있는 것도 아닌데 그렇게 마음 놓고 큰소리를 질러대도 되는 것인지. 자기 사생활을 그렇게 까발려도 되는 것인지. 물론 가끔 그런 통화 때문에 행복할 때도 있다. 아이들이 의외로 재치 있는 경우가 많다. 자기 친구나 선생들 얘기할 때엔 그 유머에 웃음이 나온다.

악을 쓰는 사람들이 문제다. 특히 식당에서 밥 먹다 말고 어느 지역의 억센 사투리로 소리를 질러댈 때에는 끔찍하다. 무교양하고 안하무인이다. 거기에다 자신의 사적인 얘기들까지 아무렇지 않게 한다. 무식한 건지, 무례한 건지, 무감각한 건지. 많이 다투고 상처받고 하면서도 친구나 친척이 없으면 못 살 사람들이다.

"공동체를 중시한다"는 우리 민족의 자부심도 사실은 모여서 떠들썩하게 놀기 좋아하는 자신들의 기질의 합리화가 아닌가 한다. 진정으로 공동체를 중시한다면 "나의 이웃이야 죽건 말건 나만 잘살면 된다."는 한국형 가족이기주의는 어디에서 온 것이며 공동 시설물을 그렇게 파손시키는 무교양은 어디에서 온 것이고 세계적인 교통사고율은 어디에서 온 것이고 옆의 사람들이 고통을 받건 말건 멋대로 떠들어대는 무교양은 어디에서 온 것인가?

이것뿐이 아니다. 모이기를 좋아하고 사람을 좋아하니 혼자 조용히 인생을 반성할 틈은 언제 낼 수 있겠는가? 고독 역시 교제 못지않게 중요하다는 것은 나만의 생각인지. 예수도 광야에서 40

일간 고독했고 부처도 보리수 아래에서 명상했고 비트겐슈타인도 노르웨이의 깡촌에서 3년을 홀로 지냈다. 허구한 날 모여서 떠들어대기만 하고 혼자 조용히 생각할 틈도 독서할 시간도 없으니 대화의 주제라는 것도 자연히 한심스럽다. TV 연속극, 연예인들, 운동선수들 등의 사생활에 관한 이야기 빼고는 공동의 주제가 없다. 남의 사적 삶이 무엇이 궁금할까?

한국적 삶의 양식에 또 하나의 악덕이 있다. 사고방식이 집단적인 경향을 보인다. 개인의 자유와 자발성은 무시되고 각자의 판단 기준은 각자의 주변 사람들의 판단이다. 무엇인가 판단해야 할 주제가 제시되면 그 주제가 커다란 문제일 때는 얼른 신문의 논설을 따라서 앵무새가 되거나 TV 뉴스 해설자의 말을 흉내 낸다. 그렇지 않고 그 주제가 사소한 것일 때에는 자기 주변 사람들을 살핀다. 원래부터 모두가 집단에 귀속되기를 원하고 또 집단은 개개인을 모두 쌍둥이로 만들고 싶어 하니 개성이나 개인주의가 설 자리가 없다.

삶에는 두 요소가 있다. 관계 맺어지는 부분과 독립적인 부분의. 누구도 전적으로 사회에 속하지도 전적으로 개인일 수도 없다. 개인 전체가 사회에 함몰되면 전체주의이고 각 개인이 전적으로 독립적이면 무정부주의이다. 중요한 것은 조화이다. 우리 사회는 조화를 결한다. 전체주의적인 방향으로 쏠린다. 이것은 정치체

제가 그렇다는 말이 아니다. 우리 집단적인 심적 경향이 그렇다는
말이다.

"모난 돌이 정 맞는다."는 속담은 사실 부끄럽다. 사회가 개선
되고 살기에 즐거운 곳이 되기 위해서는 개성적인 의견들이 많아
야 한다. 사람들은 그러나 모든 돌이 다 둥글둥글해야 한다고 생
각한다. 각 개인이 이 둥근 돌과 합동이어야 속이 시원하다. 모난
돌은 이 "둥글주의자"들의 비위에 거슬린다. 남과 다른 생각을 피
력했다가는 이상한 사람 취급받고 매도당하기에 십상이다. 적어
도 기피당한다.

도덕 관계도 개인적이고 보편적이고 합리적이기보다는 집단
적이고 혈연적이고 정의(情誼)적이다. 그러니 무엇보다 연줄이 중시
되는 사회가 되고 개인이 그 자체로서 어떤 사람이고 어떤 능력을
가졌냐보다는 누구를 통해서 소개된 어느 집단 출신의 어느 계급
구성원이냐로 평가된다. 살아나가는 것이 능력과 노력의 문제라
기보다는 안면의 문제가 되고 부지런히 여기저기 얼굴 내밀며 눈
맞춤을 해 둬야 살기 편하고 장래도 있다. 이러한 사회에서 교육
받은 사람이 불편부당하고 무사무욕한 어른이 되기 어렵다.

이러한 집단 이기주의적 경향은 선거 때에 비관적으로 드러난
다. 어떤 선거권자는 후보가 자기 지역 출신이니까 지지하고, 어
떤 선거권자는 후보가 같은 학교 출신이니까 지지하고, 또 어떤

선거권자는 후보가 자기 문중 출신이니까 지지하지만, 누구도 그 후보가 좀 더 정의롭다거나 유능하기 때문에 지지하지는 않는다. 집단주의가 이러한 편협성을 부르고 이러한 편협성이 살기 힘든 국가를 부른다. 왜 자기의 도덕적이고 지적인 기준을 자기 집단에 위임하는가? 왜 그것을 개인화하지 못하고 합리화하지 못하는가? 후보의 인품이나 능력이 출신 지역이나 소속 집단보다 덜 중요하다는 것인가? 모든 사람이 "공동체"를 전체 국가의 정의나 스스로의 정의보다 더 소중히 여기는 것 같다.

집단에 파묻히게 되면 인간에게 있어 소중한 것을 잃게 된다. 스스로 생각하고 독자적으로 판단하는 능력을 함양하는 것보다 삶에서 중요한 것은 없다. 바로 그러한 독자성과 창의성을 잃게 된다. 모이기만을 좋아하고 개인적인 판단을 자기 집단에 귀속시킬 때에는 원숭이의 모방능력 외에는 키워지는 것이 없다. 이런 인생은 무가치한 인생이다. 생각 없이 살 거라면 굳이 인간일 필요 없다. 사유가 인간의 본능이므로.

나인들 타고나면서부터 사회를 싫어하지는 않았을 것이다. "인간은 사회적 동물"이라는 것은 "인간은 직립하는 동물"이라는 것 이상으로 분명한 사실이고, "사회를 기피하는 사람은 악당 아니면 범죄자"(아리스토텔레스)라는 것도 분명한 사실이다. 나는 다만 "어떤" 사회를 싫어할 뿐이다. 쓸데없이 자기 집단의 이기심이나 조장하고 헛된 자부심이나 앙양하고 하잘것없는 이야기나 하고 도박이나 하면서 시간을 보내고 술을 마셔대고 고성방가나 하는 그런 부류의 사회는 싫다.

윤리적인 비난을 얻어듣기도 하고 "불쌍한 사람"이라는 동정의 눈초리를 받기도 한다. 그러나 나는 윤리적 패륜아도 아니고 불쌍한 사람은 더욱 아니다. 집단의 이기심보다는 내 독자성을 좀 더 보살피기를 원하는 사람이고 남과 어울리는 것 이상으로 혼자 생각하기를 더 즐겨 하는 사람일 뿐이다. 어떤 운명이 그러한 사람으로 만들었는지 모르겠지만 나는 수줍어하고 조용하지만 비판적인 옹고집으로 태어나고 말았다. 어머니 말을 빌리면 "말 없는 문제아"로. 그러니 다른 사람의 기준에 나를 맞추기보다는 먼저 타당한 이유의 뒷받침으로 그 기준을 정당화하라는 것을 요구하는 사람이 되었고 상대편 주장에 반례를 제시하는 비타협적이고 개인주의적인 사람이 되고 말았다. 말한 바와 같이 세월은 타고난 경향을 좀 더 강화시킨다. 고집스러웠던 꼬마는 비사회적인 어른이 되고 말았다.

혼자 즐기는 놀이를 개발하게 됐고 "호오 목록"은 최근에 심취하는 놀 거리가 되었다. 이것을 통해 마침내는 비판의 목소리를 나 자신에 대해서까지 높이게 된다. "한심한 놈아, 그 나이가 되도록 뚜렷하게 좋아하는 철학자도 없이 살아도 되는 것이야!" 하고.

이것을 만들어보기를 권한다. 자기반성이 얼마나 필요한 세상
이고 고독 또한 얼마나 필요한 시대인가? 여러 사람과 어울려 노
는 것도 재밌겠지만 자유롭고 조용히 혼자 노는 것도 재밌다. 혼
자 놀 수 있다는 것은 고독도 두려워하지 않게 된다는 것을 의미
하고 이것은 삶이 때때로 실망스러울 때 잠시 도피하는 것을 도와
준다. 집단적인 동물들만 융성하는 것도 아니고 재빠르고 시끄러
운 동물들만 융성하는 것도 아니다. 나무늘보나 코알라는 혼자 게
으르게 움직이지만 생존하여 번성하고 있지 않은가.

6

유감이다

등산 이야기

등산에 관한 에세이를 청탁받았다. 고마운 노릇이다. 글 쓰고 돈 받으니. 똥 싸고 돈 받는 격이다. 누구나 말하고 싶어 한다. 할 말 없는 사람들이 말은 더 많이 하고 싶어 한다. 남 앞에 나서서 잘난 체하고 싶어 하는 것이 인지상정인지라. 누구는 한 번씩 튕기기도 한단다. 그 주제는 내가 쓸 수 없다. 혹은 쓰고 싶지 않다. 혹은 쓸 가치가 없다.

나는 거절한 적 없다. 넙죽넙죽 받아먹는다. 돈이 달콤하다. 글이 되지 못할 주제란 없다. 글은 표현의 문제이지 주제의 문제가 아니다. 무슨 과학이나 철학이야 물론 주제를 가져야 하지만 문학은 거기서 자유롭다. 그러니 에세이 청탁이라면 주제를 듣기도 전에 "Yes!" 한다. 때때로 내가 좋아 이것저것 쓰기도 하는데 돈 받고 쓰는 거야 얼마나 행복한 노릇인가.

　내가 산에 대해 무언가를 쓸 수 있을지 모르겠다. 누군들 산에 대해 쓸 수 있을까? 어느 시인이 "사랑만을 위해 사랑해 주세요."라고 말한 것처럼 등산 역시도 등산 그 자체만을 위해 존재해야 할 터이다. 그러니 산에 대한 얘기는 기껏해야 산에 대한 실증적 정보에 그쳐야 한다. 찾아가는 길, 등산로, 해발고도, 표고차 등등.

　본래 어디에고 의미를 부여해야 직성이 풀리는 사람들이 있다. 그 의미에 온갖 거창함을 더해 장엄하게 지껄여대야 자기가 비중 있는 사람이라고 생각한다. 가뜬함과 초연함이 삶의 첫 번째 태도이다. 발 달렸다면 누구라도 산에 갈 수 있다. 그러니 등산에 형이상학을 부여하지 말자.

　동서고금의 수많은 사람이 산과 등산에 대해 이러쿵저러쿵 거창한 얘기들을 떠들어 댔으니 나는 거기에 더할 말이 없다. 나라도 쓰레기 배출을 자제해야 하지 않는가? 힐러리 경은 훌륭한 사람이다. 등산은 "산이 거기 있으니까."가 이유라니까.

　인간 행위는 두 가지 중 하나 혹은 그 둘 모두를 위해 존재한다. 하나는 물질적 생산이고 다른 하나는 유희이다. 이 두 가지 동기 이외에 다른 활동 동기는 없다. 건강 역시도 물질적 동기에 해당한다. 그러니 등산의 이유에 대해 우리는 간단하게 "건강을 위해."라거나 "등산이 재미있어서."라고 말해야 한다. 아니면 이 둘 모두라거나. 둘 모두는 둘 중 하나보다 우월하다. 논리적으로 그렇다. p.q가 p or q보다 우월하다. 전문용어로 p or q는 p.q의 논리적 종속logical consequence이다. 재미도 느끼고 건강도 보살핀다면 가장 좋다.

그러니 내가 산이나 등산 자체에 대해 할 말은 없다. 산 자체에 대해서는 지질학자에게, 등산에 대해서는 사회체육 하는 사람에게 맡기자. 산에 대해서보다는 산과 관련한 나에 대해 말하고자 한다. 청탁받은 원고 매수를 적절히 메우기 위해서는 다른 방법이 없다. 말해질 수 없는 걸 말할 수는 없지 않은가.

산과 맺은 인연은 개인적으로 평범했다. 사실 인연이랄 것도 없다. 어린 시절에 북한산이고 수락산이고 도봉산 등을 올라가긴 했다. 그러나 거기에 산이나 등산에 대한 어떤 의식도 없다. 단지 누구와 더불어 거기에 놀러 갔을 뿐이다. 수십 년 전의 그 기억들을 더듬으면 산 자체에 대해서는 기억이 남아 있지 않다. 힘들어 헉헉댄 기억 외에는. 그러니 그것들이 등산은 아니다. 기껏 지구 중력가속도와 싸웠다고 할까.

같이 갔던 누구에 대한 기억은 있다. 때때로 떠오른다. 아름다운 아가씨. 첫사랑의 아가씨. 열에 들뜬 아가씨. 수줍어하던 분홍 뺨의 아가씨. 가냘프고 아름다웠던 아가씨. 눈을 피했던 아가씨. 망사를 두른 듯. 바라보는 게 전부였던 아가씨. 희망에도 머뭇거렸던 아가씨. 듣기 두려웠던 그녀의 희망. 젊음을 견뎠을까? 어느 겨울바람에 날려가지 않았을까? 깃털 같은 영혼이 전부였으니.

우리는 배고픈 채로 정상에 도달했다. 서너 명이 둘러앉아 고기를 구워 먹고 있었다. 그들이 권했고 염치없이 얻어먹었다. 처음으로 손잡았다. 가늘고 섬세해서 세게 끌면 깨질 거 같았다. 산이 어떤 모양이었는지 기억나지 않는다. 내려오는 길이 가팔랐다. 손잡아야 했으니까. 그것만 기억난다.

그 아가씨는 사라져 갔다. 아니다. 내가 사라졌다. 밀어낸 건 나였으니까. 돌아서라고 말한 건 나였으니까. 그녀도 꿈을 이길 수 없었다. 무엇도 꿈을 이길 수 없었으니까. 꿈이 나였으니까. 안갯속으로 사라져 갔다. 상기된 모습과 머뭇거리던 미소의 기억만을 남기고.

그녀는 내 눈을 응시했다. 수줍음을 가까스로 이겨내며. 부당함을 원망하는 눈으로. 무엇인가 말하려 했다. 눈을 피했다. 말해서도 안 되고 들어서도 안 된다. 머뭇거리다 돌아섰다. 어깨도 절망한다. 아름답게 절망한다. 그녀는 발걸음을 빨리했다. 울음보다 먼저 가려 했을까? 그녀는 영원히 갔다. 어깨의 아름다움만을 남기고. 울지 않으려 애쓰며. 더 멀리 갈 사람을 원망하며.

첫사랑이었을까? 아지랑이에 싸인 채로 마음 한구석을 영원히 차지하는 게 사랑이라면 첫사랑이겠다. 꿈 때문에 포기되는 건 사랑이 아니라고 한다면 첫사랑은 아니겠다. 그렇다면 내 사랑은 시험받지 않았다. 꿈과 경쟁한 건 그 후에 없었으니까. 내 사랑은 대상을 잃었다. 그것은 내 속으로 들어오고 말았다. 다른 사랑을 위해.

따라서 이것이 등산은 아니다. 남들 간다니 갔을 뿐이다. 바다에 간 거나 산에 간 거나 다를 바가 없다. 산은 데이트 장소 중 하나일 뿐이었다. 그러고는 산과 인연을 끊었다. 시간도 없었고 산도 없었다. 오랫동안 북미대평원에서 살았다. 거기에 들소는 많았겠지만, 산양은 애초에 없었겠다. 하루 종일 운전해도 언덕조차 나타나지 않는다.

산이 다시 등장하는 것은 하나의 장애물로서이다. 그 무대는 캐나다 로키에 설정되어 있다. 로키 산에서 발원한 커다란 강이 밴쿠버로 흘러든다. 큰 도시 밴쿠버는 사실 그 강의 삼각주일 따름이다. 그 강이 유명한 프레이저Fraser이다. 그 강은 로키에서부터 1,400여 킬로미터를 흘러 태평양에 이른다. 그러나 이 사실은 별로 중요하지 않다. 중요한 것은 엄청난 수의 연어가 매년 가을이면 이 강으로 몰려든다는 사실이다. 나는 플라이 낚시광이었고 그 천국인 캐나다에서 교편을 잡고 있었다. 그러니 물 만난 고기라는 표현은 당시의 나와 연어 모두에 해당한다.

낚시와 등산 모두 캐나다에서 본격적으로 시작했다. 시작은 초라한 것이었다. 기껏해야 잔잔한 호수에서 루어로 배스나 송어 등을 잡는 것이 가능한 사치였다. 몇 년을 이어온 이 초라한 낚시의 와중에 나는 로또 정도의 행운을 만난다. 우연히 같이 낚시를 하게 된 어떤 포르투갈 출신의 이민자가 로키 산 사이에 숨어 있는 천국에 대해 비밀스럽게 말해줬다. 그의 묘사는 황홀했다. 쿡 선장의 감춰진 보물에 대해 들었다 해도 그렇게까지 들뜨지 않았다. 그날 이후로 나는 개울을 물들이는 코호 연어의 붉은 색에 대해서만 상상했다. 그러면서도 자제하려 애썼다. 지나친 기대를 하지 않으려고. 라틴인들은 때때로 상당한 거짓말쟁이이거나 과장의 명수들이니까. 어쨌든 나와 친구는 면밀한 계획을 짜기 시작했다. 놀랍게도 포르투갈인이 그려준 지도는 완벽한 것이었다. 문제는 낚시터에 접근하기 위해서는 로키 산을 넘어야 하는 데에 있었다. 지도상에서 그 거대한 산맥을 확인하면서도 우리는 별다른 생각이 없었다. 직접 거기에 다가서기 전까지는. 아무 생각 없었다. 구불구불한 등고선 사이의 몇 밀리가 등반객에게 무엇을 의미하는지 몰랐다.

　등산은 해발고도만의 문제가 아니다. 가평의 명지산은 상당한 해발고도이나 등산이 그렇게 어렵지 않다. 그러나 춘천의 삼악산은 낮다 해도 등산이 그렇게 만만하지 않다. 거친 산은 낮다 해도 등반이 어렵다. 로키는 높은 건 물론이고 거칠다. 우리가 넘어야 하는 로키 산 중 하나는 해발 1,750미터였다. 산을 넘는 데 일곱 시간 정도를 예상했다. 오르는 데 네 시간, 내려가는 데 세 시간 정도.

　잘못된 계산이었다. 우선 등산로를 찾기가 어려웠다. 우리나라 산은 사람의 통행이 잦고 또 표지판도 많아서 길을 잃을 이유가 없다. 우리 국토는 대단히 문명화되어 있다. 그러나 로키에는 등산로라고 할 만한 것이 없었다. 거기에는 태곳적의 자연이 있었다. 물론 우리는 지도와 나침반을 가지고 있었다. 그러나 이것들은 거시적으로 유용하다 해도 바로 앞의 등산로를 찾는 데는 전혀 도움되지 않았다.

　캐나다의 본격적인 아웃도어 활동에는 지도와 나침반이 필수이다. 그 광활하고 외진 곳에서 길을 잃으면 때때로 살아나오기 힘들다. 만약 지도와 나침반이 있다면 어쨌든 도로로 나갈 수는 있다. 그러나 등산로가 없는 산에서는 이것들도 생각만큼 큰 도움이 되지 않는다. 대부분의 로키 산에는 등산로가 없다. 유명한 몇 개의 산에나 확정된 등산로가 있을 뿐이다. 더구나 우리의 목적은 산의 정상에 이르는 것이 아니라 산을 넘어가는 것이다. 이때에는 산의 협곡을 따라가야 한다. 가장 낮은 협곡이 그렇게 높았다. 높은 봉우리들은 해발 3,000미터에 가까웠고. 롭슨 산은 3,000미터가 넘었는데 등산로는 그 산 옆의 협곡이었다. 가장 거친 협곡. 출발한 지 30분도 안 되어 나와 친구는 후회하기 시작했다. 등산로는 없고 부스러진 돌들이 계속 흘러내리고. 돌이 흘러내릴 때는 아찔했다. 얻어맞으면 그대로 사망이다. 휩쓸려서 굴러 내릴 테니. 던져진 바위와 함께. 우리는 자주 되돌아가서 다른 길을 찾아야 했다. 앞길이 벼랑에 막히는 경우가 몇 번이나 있었다. 체력적으로 힘들면서 신경도 곤두섰다.

우리가 반대편 사면을 내려다본 것은 출발한 지 일곱 시간이 지나서였다. 그때서야 산의 능선에 올라섰다. 새벽 다섯 시에 출발해서 열두 시가 되어서야 강을 내려다볼 수 있게 되었다. 최초의 충격을 생생하게 기억한다. 누구라도 그 광경을 잊지 못한다.

늦여름 정오의 태양은 금빛으로 계곡을 물들이고 있었고 계류는 하얀 포말을 일으키며 유유히 흐르고 있었다. 너비는 100미터쯤 되는 강이었고 깊어 보이지는 않았다. 갈색 곰들이 띄엄띄엄 흩어져서 연어를 잡고 있었는데 기껏해야 다리만 물에 잠길 정도였다. 우리는 망원경에서 눈을 떼지 못했다. 어떤 물결인가가 태양 빛을 산청으로 반사할 때 우리 눈은 황금빛의 환한 아름다움으로 가득 찼다. 몇 명이나 이 아름다움을 누렸을까? 이 호젓하고 구석진 곳을 몇 명이나 방문했을까?

우리는 폭죽을 터뜨려 곰들을 쫓아내고는 거기에서 사흘을 묵었다. 플라이 피싱이 주는 향연을 맘껏 누리며. 이것이 나의 낚시 취미의 정점이었고 등반 인생의 시작이었다.

우리는 금요일 일과가 끝나자마자, 번개의 속도로 공항으로 출발했다. 토론토에서 밴쿠버로 가기 위해. 3월에서 5월까지는 송어 시즌이고 8월에서 10월까지는 연어 시즌이니 우리는 연중 6개월을 낚시터에서 살다시피 했다. 이때 내 마음속에서 알 수 없는 변화가 일어나고 있었다. 등반이 수단에서 목적으로 변해나가기 시작했다.

로키 산은 낚시에 대해서는 하나의 장애였다. 산이 없었더라면 낚시터로의 접근이 쉬웠다. 산을 원망했다. 둘은 말도 안 되는 희망을 피력하기도 했다. 헬리콥터 있으면 좋겠다고. 이때 둘은 조금씩 철이 들고 있었다. 낚시가 아니라 삶을 사는 쪽으로. 공항에서 연어까지를 살기로. 공간이 아니라 시간을 살기로.

우리에게는 본래 "잡겠다"는 염원밖에 없었다. 잡고 놓아주기 catch and release 일망정. 그것을 위한 준비 과정이나 거기에 이르는 길은 불가피하고 귀찮은 것이었다. 어느 순간 둘 모두의 마음속에서 변화가 일어나고 있었다. 낚시 자체가 아니라 그것을 포함하는 전 과정이 삶인 것으로. 낚시뿐만 아니라 등반도 점점 더 좋아지기 시작했다. 헐떡거리는 숨소리, 머리와 얼굴을 물들이며 흐르는 땀방울, 의지의 극한을 시험하는 듯한 난코스, 정상에서의 한 잔의 커피와 한 장의 샌드위치, 정상에서 내려다보는 로키 산의 풍광과 계곡의 여울들, 눈 부신 태양과 심연 같은 그늘의 대비. 나는 산과 등산에 매혹되기 시작했다. 낚시가 오히려 시시해 보였다. 점차 낮은 협곡이 아니라 되도록 전망이 좋은 정상을 찾아 로키를 넘어가기 시작했다. 때때로는 암벽 등반도 필요했다. 거기에 맞추어 등산 도구를 사들이기 시작했다. 자일과 하강기와 하니스와 암벽화 등. 이것이 나의 등산 인생의 시작이었다.

가장 험하다는 캐슬 마운틴까지도 오르게 된다. 2킬로미터의 암벽을 가진 그 험한 산을. 사실 반드시 정상에 오르고자 하지 않았다. 단지 오르고 있는 그 순간들이 좋았다. 지금도 그 순간들이 선명하게 기억난다. 정상에 다다랐을 때 오히려 아쉬웠던 그 순간들이. 너무도 추워서 이빨에서 딱딱 소리가 났다. 땀에 젖은 셔츠가 얼기 시작했다. 만년설 사이에서 샛강이 흐르고 있었다. 내려오기 싫었다. 그러고 보면 내게도 젊었던 때가 있었다.

귀국해서 가끔 등산했다. 물론 산도 등산 문화도 다르다. 낮은 산이지만 접근성이 좋다. 등산로가 닳고 닳아 먼지가 일 정도이니 길 잃을 염려도 없다. 여기에 사람처럼 흔한 것도 없다. 로키에선 사람보다 곰이 많다. 또 등산객들을 구경하는 것도 재밌다. 준비성 좋은 사람들이다. 완벽하게 등산복을 차려입고 본격적인 배낭을 메고 심지어는 지팡이도 두 개 챙겼다. 히말라야에 갈 참이다.

난 준비 없이 가곤 했다. 퇴근하는 길에 잠깐 올라갔다 오기도 했다. 재킷만 벗어들면 된다. 어차피 다 계단이니 등산화가 따로 필요치 않다. 휴일에도 자주 갔다. 청바지에 운동화면 성의 있게 준비한 셈이다. 이 생각 저 생각에 잠겨 터덜거리고 왕복하면 담에 있을 강의 준비가 되거나 담에 쓸 글의 단서가 잡히기도 한다. 등산객들 눈에는 이상하게 보였을 수도 있겠다. 이맛살을 찌푸리고 생각에 잠겨 혼잣말을 지껄이는 사람이.

등산로 아래에는 반드시 식당들이 있다. 등산으로 허기진 사람들을 배려한다. 파전은 냄새만 풍기지 않는다. 지글거리는 소리도 난다. 오감을 자극한단다. 촉각은 아닐 텐데? 만지면서 먹나? 두부 요릿집도 꼭 있다. 근육과 뼈의 건강을 보살폈으니 위장의 건강도 보살핀다. 거기에 만족해하는 사람들이 모여 있다. 건강에 대한 부담도 덜었고 등산이라는 난관도 극복했다. 행복하다.

이제 등산도 못 한다. 늙었다. 무릎도 아프고 허리도 아프다.

늙은 사람이 다 나 같지 않을 것이다. 산을 쉽게 오르는 노인네들도 많다. 부럽다. 좋은 염색체를 타고났는지 혹은 관리를 잘했는지. 아마도 나는 정비 없이 차를 몰고 다녔다. 책상에 나쁜 자세로 몇 시간씩 붙어 있고 고개를 구부린 채로 몇 시간씩 뭔가를 들여다보고 세 시간을 서서 강연하기도 하고 체중은 조금씩 늘고.

물론 나이가 제일 큰 원인이다. 노화됐다. 내 뼈들이 직립을 힘겨워하기 시작한다. 앞으로도 등산은 힘들 거 같다. 하산해서는 지표에 머물고 말았다.

어쩌면 이책도

7

유감이다

먼지

샤워부스 문짝 위에 먼지들. 십 년을 숨은 채로 지냈던 은자들. 널어놓은 수건의 흔적에 발각되고만 동료들. 지켜보기만 했을 먼지들. 일곱 난쟁이처럼. 수줍게 숨어 있던 망각 속의 존재들. 행복했을까? 닫힌 삶이. 좁은 공간은 길고 긴 시간. 그 안에서 세월은 흐르지조차 않는다. 변화 없다면 시간도 없다.

앤티크는 먼지조차도 위엄 있다. 까맣지만은 않은, 푸르스름한 빛의 먼지들. 청동빛의 고풍스러운 먼지들. 이들은 오랜 동거인이었다. 나는 그 밑을 수없이 드나들었다. 그들의 소곤거림을 듣지 못한 채로.

그들은 외롭고 쓸쓸하게 자기만의 세계를 만들어왔다. 수리를 위해 천장이 뜯겨 나갔다. 거기의 친구들은 밖으로 나갔다. 그들도 바깥세상을 원했을까? 뜯겨 나가는 천장의 나무토막 위의 먼지의 운명을 바랐을까? 아니면 자기들 위에 새롭게 쌓이는 신참자들에 만족했을까?

이별과 만남의 교체는 먼지에게도 새로운 운명. 이별의 서늘한 두려움, 기대되는 새로운 만남. 신참 먼지가 전해주는 밖의 소식. 빛과 환희, 얼음과 달과 별과 태양, 희망과 두려움. 누군가 닦아서 밖에 나갈 수도 있겠다. "겨울이 차라리 따스했지만." 세상에 대한 일말의 두근거림도 있었다. 그러나 십 년간 잊혔다면 영원히 잊힐 수도 있겠다.

해방시킬 때이다. 걸레질을 했다. 그들은 질풍에 휩쓸렸겠다.

걸레를 햇빛에 내놓고 귀 기울인다. 불안의 소요, 두근거리는 눈부심, 가슴을 치는 아찔함, 탄산음료의 거품소리, 갇혀있던 열망과 공포의 조용한 수선거림, 작은 폭발들, 바람에 실려 갈 작은 폭발들. 이제 행운을 찾아서. 서로 헤어져서.

어쩌면 이 책도

8

유감이다

자격증 열기
熱氣

    잊고 있던 사람을 우연히 만났을 때엔 마음이 복잡하다. 조심스러워진다. 상대편이 말을 할 때까지 잠자코 반가움만 표한다. 상대편이 아직 나를 보지 못했을 때엔 순간적으로 고민한다. 우려와 걱정이 파고들어 섣부른 행동을 막는다. 인사를 해야 하나 말아야 하나? 신상과 집안에 별고는 없었을까? 원하던 일이 성취되었을까? 과거에 예정했던 그대로의 인생을 살고 있을까? 좌절해 있지 않을까? 초라한 자신을 부끄러워하지 않을까? 아는 체를 해도 불편해하지 않을까? 성공에 도취해 안하무인이진 않을까? 아는 체를 위해서 결단까지 필요하다. 무엇인들 낙관할 수 없다. 삶이 우리를 속인다. 희망은 절망이 되고, 꿈은 이뤄지지 않고, 자신감은 충격적인 낙담이 된다. 무엇인 줄 알았던 자신이 노바디 nobody이다. 이렇게 분수를 알아 나간다.

바삐 가는 제자를 우연히 만난 것은 수년 만이었다. 즐거운 마음으로 살아나가고 자기 전공을 좋아하던 제자였다. 잘난 체를 했지만 나긴 난 녀석이니까. 비행기와 우주선을 만드는 것이 그의 전공이었다. 졸업하고 항공우주와 관련한 회사에 취직한 이후로는 한 번인가 만났고 그 이후로는 전화도 없었고 또 내가 외국에 나가 있던 관계로 소식이 끊어지고 말았다. 회사 생활이란 바쁜 것이고 또 젊은 사람이란 언제나 살기에 바빠서 아는 사람을 일일이 챙기고 배려할 수 없다. 나 자신의 젊은 시절의 기억은 아직도 생생하다. 이해한다. 섭섭함도 없다. 무엇에도 섭섭한 마음은 없다. 세월이 돕는다. 기대도 실망도 닳아서 서로 비슷해진다.

마지막으로 만났을 때의 기억으로는 이것 하나가 남아 있다.

"선생님, 반전주의자는 아니지요?"

물론 아니다. 주전론자는 더욱 아니지만.

상대편이 밀어붙여서 대안이 없을 경우에야 분연히 무기를 들고 일전을 치러야겠지만 가급적 전쟁 같은 것은 없이 살았으면 한다. 전쟁 다큐 보자면 끔찍하다. 늙은 내가 어디로 도망가고 어디에 숨겠는가? 물론 젊은이들이 더 불쌍하다. "분연히 무기를 드는 것"은 젊은이 몫이니.

좋은 청중을 구했으니 신이 나서 비행기 만드는 이야기를 할 양이다. 얘는 장차 우주선이라도 만들 재목이다. 그래도 나를 배려하니 고마운 노릇이다. 유체역학에 대한 강의는 미안하게도 모두 잊었다. 술 마시며 강의 들을 일 아니다.

내가 공학에 대해 지닌 호기심과 거기에서 얻는 즐거움은 때때로 도를 넘는다. 비행기를 탈 때에는 내 자리가 날개 쪽이 되기를 간절히 바란다. 베르누이 정리가 날개의 모습과 거기에 붙어 있는 여러 쇳조각들에 의해 실제로 적용되는 것을 보는 것은 즐거움이다. 한번은 아는 조종사가 조종실에 태워 준 적이 있는데 내가 어린 애처럼 좋아하며 계기판을 살피니 오히려 그 사람들이 나를 즐거운 웃음으로 바라본다. 곧 귀찮아했지만. 어렸을 때에는 몇 시간이고 동네 대장간 앞에 쪼그리고 앉아 구경하느라 점심을 건너뛰곤 했다. 굵은 쇳조각들이 빨갛게 달아오르고 대장장이 아저씨가 몇 번 두들겨서 호미며 낫이며 부엌칼을 만들어낼 때에는 벌어진 입을 다물지 못했다. 그 시절에 대한 기억은 아직도 즐거움으로 회상된다. 기능과 근로와 건강함.

집수리를 위해 할아버지가 목수를 채용했을 때가 어린 시절의 한 정점이었다. 이리저리 따라 다니며 넋을 잃고 구경했다. 그리고 조금 더 자란 후에 목수가 되고 싶다는 희망을 조심스럽게 피력했다. 쫓겨날 뻔했다. 부모에 대한 고마움의 느낌과 존경에 있어서는 다른 모든 아들들에게 별로 뒤진다고 생각하지 않지만, 이 점에 관한 한 아쉬움이 조금 남는다. 내 삶이 더욱 소박하고 즐거웠을 수도 있지 않았을까? 물론 더 나빴을 확률이 크긴 하다. 손재주가 별로 없다.

목수에 대한 마지막 호의는 우리 집에 마루를 깐 젊은 목수를 막내 여동생에게 소개시키려다 포기한 것이다. 양쪽 모두로부터 일언지하에 거절당했다. 그 목수는 곱고 착한 사람이었는데. 그는 미국으로 이민 갔다. 잘살고 있단다. 헨델의 대장간이나 헤파이스토스가 친근하게 느껴지는 정도가 그 시절의 잔류물이다.

내가 기계를 능숙히 다루는 사람이라고는 절대로 말할 수 없다. 오히려 '기계치'이다. 전자제품을 사용할 때에는 최소한의 기능만 사용하는 것으로 만족한다. 괜히 이리저리 건드렸다가는 혼란만 심해지고 나중에는 기본적인 기능마저 잊게 된다. 디지털 시계의 세팅도 최근에야 익혔다. 서머타임제를 반대했던 이유 중 하나가 시계를 새로 세팅하는 것이 싫어서였다. 휴대전화도 안 바꾸고 버틴다. 새롭게 기능 익히기가 어렵다. 기계는 미궁이다. 그러고는 괜히 매뉴얼이 부정확하다는 둥 명료하지 않다는 둥 투덜대곤 한다.

난감한 경험은 팩시밀리를 들여놓을 때였다. 미국서의 일이다. 한국이었다면 동생에게 전화했다. 그런 거 없이 살 수 있다면 좋겠지만 당시에는 팩스 없이 살 수 없었다. 현대의 실증주의는 근거를 원한다. 또한, 글이 말에 대해 갖는 이점도 분명히 있다.

난관에 봉착했다. 사용 설명서가 책 한 권이다. 번호와 내 이름과 시간, 다른 기능을 세팅하면서 하루를 다 보냈다. 그 성취가 주변 사람들로부터 얻어낸 칭찬이란! 비웃음이 섞인 찬사라는 것을 모를 만큼 눈치가 없었더라면 더 좋았다. 자랑삼은 내가 더 문제다. 그런데 바로 이틀 뒤 정전으로 세팅이 다 날아 갔다. 다시 매뉴얼을 펴들었다. 하루 새 모든 것을 잊고.

기계와 관련한 한 익혀도 소용없다. 지우개로 지운 듯이 기억이 사라진다. 그러므로 좋아하기 때문에 잘하게 되고, 잘하기 때문에 좋아하게 된다는 가설은 내 반례에 의해 간단히 깨진다. 오히려 "구할 수 있는 자는 구하지 않고, 구할 수 없는 자가 구하도다."라는 쪽이 더 옳다. 공학에 대한 나의 관계는 영원한 짝사랑의 관계로 남아 있다.

물론 동생은 이해 못 한다. 그렇게 당연한 걸 어떻게 못 할 수 있느냐. 저절로 되는 거 아니냐. 난 딱 보면 기계 만든 사람 생각도 알겠다.

내가 그 비행기 제작자에게 품고 있는 경외감은 유대인들이 그들의 하느님에 대해 품었던 것과 같은 종류다. 감정의 정도야

비교할 수 없는 것이라 해도 그 종류는 같다. 나의 첫 번째 질문이 다음과 같은 것이 된 것은 자연스럽고 당연한 것이다.

"비행기 많이 만들었어?"

그 친구는 의문스러운 표정을 지으며 예의 소박하고 착한 눈으로 나를 바라보며 되묻는다.

"제가 회사 그만둔 것 모르셨어요?"

이 사람 역시 다른 사람과 다르지 않다. 스스로 생각하는 것보다 자신의 지명도가 그리 높지 않다는 것을 모른다. 법을 공부하기 위해 회사를 그만두었단다. 회사 생활이 자신에게 맞지도 않고. 너무 집단적인 측면이 있어서 견디기 어려웠다. 그리고 수십 년 후의 자기 모습도 너무 심란스럽고.

나는 새로운 호기심과 호의로 불타올랐다. 그 유능하고 성실한 친구라면 트라야누스나 몽테스키외 정도는 되고 말 것이라 생각했다. 전공과 관계없이 공부해 나가겠다는 젊은이의 결의에는 언제나 이제는 지친 사람들의 마음을 채워주는 약동이 있다.

"학사편입을 하려고? 아니면 대학원?" 여기에 대한 그의 대답은 나를 잠시 혼란스럽게 만들었다. 사법고시를 보겠단다.

그런데 왜 법을 공부한다고 했을까? 사법시험 준비를 한다고 해야 옳지 않은가? 실망스러운 표정을 감추려고 애쓰면서 공부는 잘 되느냐는 둥, 결혼을 했냐는 둥의 위장된 관심을 보여준 후에 전화번호를 알려주고 헤어졌다.

　고시생 중 하나이다. 턱을 네모나게 하고, 미간에 내 천川자를 그리고 전투적인 태도로 펜을 쥐고 앉아 있는. 국가의 종복이라는 명예스러운 직위를 취득하려고 애쓰는 고시 준비생 중 한 명.

　수십 년 후의 법관인 자기가 수십 년 후의 회사원인 자기보다 왜 더 낫다는 것인가? 왜 그는 진짜 주화 두 개를 녹여서 가짜 주화 하나를 만들려는 것일까? 어째서 법관님이 비행기 제작자보다 나은 것일까? 무엇을 기준으로 시대 구분을 하는가? 라스코 벽화의 시대라거나 파르테논 신전의 시대라고 부르지는 않는다. 로마 제국을 자연법의 시대라고 부르지도 않는다. 구석기 시대, 철기 시대 등으로 부른다. 앞으로 수천 년이 흘러 우리의 삶 자체가 희미하고 아련한 안갯속에 사라져 버리고 우리가 살던 삶의 굵은 자취만이 보일 때 누가 우리의 시대를 법관의 시대라거나 관료의 시대라고 부르겠는가? 우리 시대는 법관도 공무원도 교수도 지나치게 범람하는 시대지만, 우리의 후손들은 그래도 엔진의 시대라거나 비행기의 시대라거나 IT의 시대라고 부를 것 같다.

　도서관에 들어서면 책으로 벽을 쌓고 결의로 무장한 고시의 전사들을 맞닥뜨린다. 새로운 영웅 신화의 창조자들이다. 출신 배경도 전공도 살아온 과거도 중요하지 않다. 고시만 통과하면 현대

판 나폴레옹이 된다. 권력과 부와 자랑스러움과 당당함을 일거에 획득한다. 그렇지 않을지라도 최소한 그럴 것이라고 생각한다. 이것은 중세 "장미 이야기"의 모든 낭만적 요소를 현대에 되살린다.

도시락을 갖다 주거나 그 옆에 앉아서 같이 공부해 나가는 귀부인들도 있다. 과거의 선배들이 영웅의 창에 걸어 주었던 손수건 대신에 그녀들은 현대판 예비 영웅들에게 희망과 오락과 위안을 제공한다. 실제의 귀부인을 갖지 못한 예비 영웅들도 매한가지다. 실제에 없다 해도 환상 속에 없다고는 말 못 한다. 거대한 축조물의 한쪽 구석에 숨듯이 있지만 자기 존재를 못내 알리고자 하는 건립자의 이름과 같이, 그들의 환상 속의 한 귀퉁이에는 어떤 상상적인 귀부인이 존재한다. 자기 고달픔의 궁극적인 목적 중의 하나가 없어서야 어떻게 영웅 신화가 완성되겠는가? 이리하여 우리의 아름다운 젊은이들이 똑같은 희망을 지니고 똑같은 과목의 똑같은 책들을 한 무더기씩 안고 도서관으로 향한다. 이아손이 항해를 떠나고 헤라클레스가 열두 가지 과업을 이행하러 가듯이.

그런데 고시가 정말 그렇게도 많은 것을 줄까? "지혜로운 사람과의 대화보다 인생의 더 큰 즐거움은 없다." 부족하고 어리석은 나 자신이 조금이라도 지혜로워지고(도대체 지혜로워질 수 있다면), 가치 있다고 믿어지는 어떤 지식을 조금이라도 획득하기 위해서라면 그보다 더 좋은 기회는 없다. 그러므로 이야기를 얻어들을 기회만 있다면 염치 불고하고 어디든지, 누구에게든지 쫓아간다. 한번은 지하철에서 떠들어대는 어떤 전도사의 열변에 취해 수원까지 간 적도 있다. 그뿐 아니다. 서울역의 노숙자가 터뜨리는 현실에 대한 불만에 찬 연설을 저 유명한 견유학파 철학자의 이야기로 새기며 하룻밤을 경청하여 내 가족에게 걱정을 끼친 적이 있다. 그러니 내가 가장 큰 기대를 가진 사람은 권위에 의해 비준된 지혜를 가졌다고 말해지는 자격증 가진 사람들이었다.

의사, 판사, 검사, 변호사, 교수, 교사 등등. 모든 사람이 구하기를 마치 "사슴이 물을 구하듯" 하는 그 자격증을 가진 사람들은 얼마나 더 재미있고 지혜로운 사람들이겠는가? 수백 명 중 하나의 비율로 선발된 플라톤의 "수호자 계급"에 속하는 사람들이다. 영혼과 두뇌가 하늘이 선사한 황금으로 만들어졌으므로 지상 세계의 부와 영광을 탐낼 이유가 없. 비교할 수 없이 고매하고 높은 학식을 지닌 그 수호자 계급. 그들의 모든 말과 판단과 행위는 마땅히 우리의 규준이 되어야 한다는 것이 나의 소박한 신념이다. 고맙게도 많은 기회가 개인적으로 주어졌다.

솔직히 말하겠다. 나의 기대는 무참히 깨졌다는 것을. 여태까지 같이 이야기한 모든 사람을 통틀어 그 대화로 내게 무엇인가를 제공해준 사람치고 자격증 가진 사람은 놀랍게도 한 명도 없었다. 나의 실망과 당황은 말할 수 없다. "이 만남이 어서 끝나기를..."

하는 것이 매번 내 바람이 되고 말았다.

지혜의 첫 번째 표지는 그 상태에 있기보다는 경향에 있다. 아무리 많은 정보를 축적하고 있고 아무리 날카로운 분석적 능력을 지니고 있다고 해도 그 사람이 자기의 현재에 만족감을 지니고 정체되어 있다면 나는 그것이 지혜로운 태도라고 생각하지 않는다. 위대한 도시라는 자부심 때문에 몰락해나간 아테네나 위대한 국가라는 자부심 때문에 자꾸 배타적 문화를 키워가는 프랑스 같은 좋은 예가 있지 않은가. 오히려 자기가 무엇을 아느냐에 만족스러워하기보다는 무엇을 모르는지를 아쉬워하고 계속하여 추구해나간다는 것 외에 삶에는 다른 어떤 진리도 있을 수 없다고 믿는 겸허한 사람들이 지혜롭다는 것이 그때까지의 내 생각이었다. 소크라테스도 그것을 고백했고 창세기의 뱀도 그것으로 사람을 유혹하지 않았는가.

지혜에 대한 이 잣대는 자격증을 가진 사람들을 만나면서 심하게 흔들리고 말았다. 만약 그들의 공인된 지혜가 옳은 것이라면 나의 신념은 바뀌어야 하고, 나의 신념을 견지하기 위해서는 그들의 지혜를 부정해야 한다. 왜냐하면, 어찌 되었던 자격증 가진 사람들의 대표적인 특징은 만족감과 정체停滯와 자부심이었으니. 절대 시공간을 견지하려면 광속의 상대성을 부정하여야 했던 한 현대 물리학자의 입장이 되고 말았다. 나는 그 사람이 그 고민으로

15년을 보냈고 신경쇠약에까지 걸렸다는 사실을 안다. 그 꼴이 되기는 싫었고 그냥 내 믿음을 밀고 나가기로 했다.

　나는 음식에 대해 까다로운 편은 아니고 더군다나 미식가는 아니다. 그저 아무거나 먹는 편이고, 식당을 고를 때에는 맛을 기준으로 삼기보다는 가격과 제공 속도를 기준으로 삼는다. 이것은 아마도 딴생각하기 좋아하고 먹을 때조차도 충실하지 못하고 자꾸 공중누각을 짓는 습성 때문이다. 식사 중에 남의 국에 내 숟가락을 집어넣거나 젓가락을 거꾸로 사용하거나 설렁탕에 설탕을 집어넣거나 하는 것은 보통이다. 정식이나 뷔페는 나와 맞지 않다. 골고루 먹는 것은 어려운 과업이다. 순서대로 조금씩보다는 처음 몇 접시에 모든 것을 끝내고는 제 딴에는 멋지게 해치웠다는 듯이 만족스럽고 멍한 표정으로 앉아 있다.

　예외가 있다. 너무도 맛있게 느껴지기 때문에 맛에 대한 음미와 집중이 뼈다귀를 향하는 강아지의 정열보다도 더욱 강하게 되는 음식이 있다. 갑각아문에 속하는 동물들의 향미! 게와 가재는 사람을 참지 못하게 한다. 그 절지동물 중에 최근까지도 먹지 못하던 동물이 하나 있었다. 갯가재라는 동물을 혹시 아실지 모르겠다. 뚱뚱한 지네같이 생긴 가재. 시도조차 안 해봤는데 그 이유는 시각적인 데에 있었다. 어느 모로 보아도 미각을 자극할 만한 외양을 갖추지는 않았다. 우선 다리가 지나치게 많아서 곤충 같은 느낌을 주고 날카롭게 낫같이 생긴 앞발은 너무 예리하게 생겨서 확대경으로 보는 사마귀 같은 느낌을 준다. 가끔 길가의 노점에서 술을 마실 때도 그것을 안주 삼지 않았다. 그런데 한 달쯤 전에 누군가의 권유로 그 맛을 경험했다.

그 사람은 내가 보건대 자신의 감각 중 미각이 현저하게 발달한 사람이다. 미각의 검증을 위해서는 심미적 감각을 언제라도 억누르는 사람이고 무엇이든 일단 먹어는 보아야 한다는 음식관을 가진 사람이다. 모든 음식을 가장 맛있는 것, 보통의 것, 맛없는 것으로 구분한다. 그 기준은 다시 한 번 먹고 싶은 것이냐 그렇지 않으냐이다. 그렇게 느끼기야 대부분의 사람도 동일하겠지만 범인凡人에 대한 천재의 우월성은 정묘한 느낌을 명확한 언어로 개념화하는 데에 있다는 것을 생각해보라. 그런 만큼 그는 음식에 관한 상당히 체계적이고 까다로운 관념을 지닌 믿을 만한 에피큐리언이다. 음식에 대한 그의 권유는 받아들일 만한 것이었고, 또 음식이란 본래 시각적 감상을 위한 것은 아니므로 과감하게 시도했다.

한 냄비를 해치웠다. 그런 맛이 있을 수 있다니! 권유한 사람에게 고마워하며 적어도 3위 안에 드는 맛이라고 고백했는데 1위와 2위가 도대체 생각나지 않았다. 뒤늦게 알게 된 갯가재가 내가 가장 맛있다고 느낀 음식이 되고 말았다. 향기와 속살의 부드러움이란! 두꺼운 갑옷으로 몸을 싼 덕분에 아마도 그렇게 연하고 부드러운 살을 가지게 되었을 것이다.

아쉬운 점이 없지는 않다. 몸 전체가 날카로운 껍질로 되어 있어 손을 베었다. 그래도 희생을 치를 만했다.

우주 역사의 어느 순간엔가 생명의 흐름이 터져 나왔다. 새로운 가지에서 신기한 종들을 창조했다. 포유동물은 딱딱한 골격을 안에 감추고 부드러운 살을 밖으로 드러냈다. 그러고는 민첩함과 활동으로 자기의 길을 개척해나갔다. 포유동물과는 반대로 갑각 안에 들어앉아 웅크리고 방어함으로써 자기의 존속을 유지해나가는 동물들도 생겨났다. 이것들이 내게 인생살이의 여러 즐거움 중 하나를 제공해주고 있다. 며칠간의 무의식적 상념이 갯가재를 중심으로 돌았다.

어젯밤 꿈에 게를 열심히 먹으면서 어떤 자격증 소지자님과 열띤 대화를 했다. 그런데 꿈이 대체로 괴상스러운 데가 있는 법이라 해도 어젯밤 꿈은 좀 지나친 데가 있다. 프로이트를 무덤에서 끌어내고 싶었다. 나의 대화 상대이던 그분께서 다 먹고 난 게 껍질을 머리에 뒤집어쓰는 이해할 수 없는 일을 반복했다. 마치 석가탑의 옥개屋蓋처럼 여러 개의 게 껍질을 머리에 이고는 화장실도 다녀오고 넥타이도 고쳐 매고 새로운 게를 끌어당기고.

이 꿈의 의미를 알겠는가? 내 상념은 하루 종일 이 꿈을 떠날 수 없었고 그 의미가 궁금하기 이를 데 없었는데, 과거의 비행기 제작자이며 미래의 법관님이 되실 그 후배와의 만남이 갑자기 떠오르며 내 무의식의 세계가 무엇을 느끼고 있었는가가 갑자기 드러났다. 기분이 씁쓸했다. 내 무의식적 판단은 자격증 소지자란 갑각을 뒤집어쓰고 살아나가는 사람들이라고 말하고 싶었던 것이다. 그렇지만 과거에 그 사람들에 대해 지녔던 환상의 추억과 보편성으로 인정되는 그들의 권위가 그것을 억눌렀고 나의 의식과 명석함이 잠든 새에 그 생각이 마치 의심처럼 꿈으로 나타나고 말았다.

그들은 플라톤이 이데아를 지향하듯이 자격증을 지향한다. 그리고 모든 천체가 지구를 중심으로 회전한다고 생각하듯이 인생 전체가 자격증을 중심으로 돈다고 생각한다. 이데아를 향하는 그들의 노력 이상으로 이데아의 쟁취 이후의 그들의 전략이 나의 이 비유가 적절함을 입증한다. 그들의 하늘에는 고시합격이라는 투영도가 자리 잡고 있고 그것을 획득하기만 하면 모든 나머지 것들은 저절로 성취된다. 마치 금화가 제시되면 나머지 푼돈들은 저절로 쏟아져 내리고, 100만 원권 수표 속에는 모든 축약된 나머지 돈들이 내포되어 있듯이. 질료가 개입된 나머지의 아랫것들이 이데아로부터 저절로 생겨난다.

　가을의 낙엽이 봄의 설렘과 여름의 정열을 다 그려낼 수 있다면 이것은 옳다. 그러나 이것이 어찌 가능하겠는가? 삶의 한 과정이 어떻게 나머지 인생 전체를 포괄할 수 있겠는가? 그러나 자격증 지향자와 소지자는 그렇게 생각하지 않는다. 그 획득을 위해 모든 인생이 포기되었다. 자기의 노력과 역량은 이제 무엇인가를 입증해준 것이고 그 안에 웅크리고만 있으면 나머지 인생에서의 영광은 보장된다. 갑각의 획득이 모든 안전과 안정을 보장해주는 태평양의 바닷가재와 같이.

　우리는 갑각류가 아니다. 이미 후생동물에서 갑각류와는 다른 길을 택해 길을 밟아왔으니 그러한 생활양식이 우리에게 적절할 수 없다. 많은 사람이 그렇게 필사적인 각오로 자격증의 획득을 위해 애쓰고 있고 자격증에 대해 부여하는 우리의 존경에 비추어 자격증이 그들에게 주는 것이란 기껏해야 평생을 장구하게 후퇴해도 살 수 있는 권리의 획득 이외에 아무것도 아니다. 과연 그런 거 같다. 평생을 영원히 전락해도 의연히 큰소리칠 수 있는 권리의 획득!

　발랄함과 가뜬함이 안전과 무거움보다 훨씬 더 큰 가능성을 가지는 것은 이미 동물 세계와 식물 세계의 차이가 보여주듯이 역사에서도 확인된다. 그리스의 중장비 보병은 테베의 경장비 기병에게 격파당했고 절지동물문 가운데에서도 민첩한 곤충이 갑옷의 게보다 훨씬 더 큰 가능성을 가지고 지구를 지배해나간다.

자격증이 개인에게 부여하는 비극은 삶에서 더 큰 가능성과 다채로움을 향하는 어떤 지적인 노력도 하지 않게 만든다는 것이다. 그리고 그것이 그들을 재미없고 권위적인 사람으로 만든다. 안전과 안정은 개인의 인간적 가능성에는 자멸적 영향을 끼친다. 사람은 생각보다 관념적이지 못하다. 사회적이고 경제적인 안정이 창조적인 역량을 부여할 시간과 부를 약속한다는 이상주의자의 논리는 언제나 깨진다. 인간이란 계속되는 노력만이 살아나갈 기반을 마련해줄 때 노력하는 천성적으로 게으른 동물이다. 갱신으로 삶에 대응해 나가고 날카롭고 깨어 있는 의식으로 인생을 바라볼 때 거듭된 진보가 약속되는 것이지 이제 지위와 돈밖에 더 이상 바라지 않고 골프와 술이 그들의 여가를 차지해나갈 때에는 무엇도 약속되지 않는다.

《종매 베트》의 남자 주인공 벤세슬라스는 뛰어난 조각가였지만 결혼으로부터 얻어낸 안정으로 모든 것을 포기한다. 그는 창조에 매진하기보다는 창조된 것들에 대해 겉멋 들린 인간으로 묘사된다. 본래 게으르고 무능한 창조 지원자들이 평론가 된다. 우리 모든 고시 준비생들은 야심에 찬 줄리앙 소렐들이고 고시합격생들은 허한 눈을 지닌 벤세슬라스들이다. 의미 있는 의학적 진보가 의사에 의해서는 한 번도 있어 본 적이 없다는 것은 시사하는 바가 크다. 루이 파스퇴르도 에를리히도 의사는 아니었고 하비조차도 개업의는 아니었다. 의사들은 항상 돈을 벌기에 바쁘고 취미 생활에 바빠서 의학적 진보는 자격증 같은 고귀한 것을 지니지 않은 생물학자의 손에 맡겨졌다. 의사들은 종두법에 관심도 없었다. 그것은 오히려 개업 준비생인 에드워드 제너에 의해서였다. 어떤 의미 있는 법학도 직업으로서의 법관에 의해 개선된 적이 없고 이 분야의 가장 뛰어난 저작들은 한 번도 법관에 의해 쓰인 적이 없다. 더욱 비극적이게도 철학의 세계도 교수라는 자격을 갖춘 사람들보다는 오히려 농사꾼(루소)이나 막일꾼(스펜서)이나 렌즈 깎는 사람(스피노자)에 의한 것이었다. 칸트는 그렇지 않았다고? 천만의 말씀. 그는 가르치는 내용과 자기 철학을 철저히 분리했다. 그는 교수직과 그 수행에는 관심도 없었다. 고고학적 발굴도 전문적인 고고학 교수에 의한 적은 없다. 하인리히 슐리만이나 아더 에반스 중 누구도 자격증을 지닌 고고학자가 아니었다. 이것이 쇼펜하우어로 하여금 "아카데미의 담장 안에는 학문이 없다."라고 말하게 한 동기이다.

어떠한 것이 삶의 의미와 보람을 준다고 할 때 그것은 우선 한없이 성장하고 관심과 흥미를 끝없이 확장시켜서 시간의 흐름이 파괴가 아니라 건설을 약속해야 하는 종류여야 한다. 자격증에 수반된 게 껍질적 특징은 성장을 막고 동작을 게으르게 만들고 운동을 막는다. 그것이 무엇을 준다고 해도 인간 자신을 잃게 만든다면 왜 추구되어야 하는가?

학문적 추구는 그것에 깊은 의미와 철학적 통찰이 수반될 때에는 삶과 생명과 우주에 대해 무엇인가를 말해준다. 세포핵의 염색체 위에서 벌어지는 DNA의 역동성과 정묘함은 마음을 두근거리게 하고 상대성 이론에 대한 이해는 더 이상 세계를 전과 같은 눈으로 바라보지 못하게 한다. 경제학이 제시하는 기하학적 명석성과 법철학이 제공하는 정의 역시도 그에 못지않게 흥미진진하다. 이것들이 그것 자체로서의 의미보다는 어떤 수단에 대해 봉사해야 하고 암기의 대상이 되어야 할 때에는 생생함과 즐거움을 잃게 된다. 고등학교 시절 내내 생물학이나 정치경제는 따분함과 고통밖에는 준 것이 없고 그것에 대한 흥미는 그 후 7~8년이 지나서야 간신히 회복되었다. 그것들이 그 후로 내게 주었고 지금도 주고 있는 즐거움이란!

고시 준비생들이 공부에 대해 지니는 태도는 양극단의 한쪽 끝을 보여준다. 이데아를 향하는 그들의 노력은 사해의 동굴 속에서 고행하는 고대 수행자의 복사판이 된다. 대학교에 가기 위해 의미도 즐거움도 가치도 느끼지 못한 채로 무작정 익히고 외워대던 그 화석화된 지식 세계. 우리 세계와 맺고 있는 모든 생명력이 없어진 말라붙은 체계. 다시 되풀이된다.

암기는 의미를 배반하고 의무는 흥미를 죽인다. 이와 같은 삶은 고행으로 시작해서 전락으로 끝난다. 그들은 등산의 목적이란 산의 정상에 도달하는 것이고 거기에 이르는 순간 모든 삶의 재보가 일거에 획득될 것이란 생각으로 도중의 계곡이나 오솔길이나 시냇물에는 관심도 가치도 부여하지 않는 이상한 등반객들이다. 눈은 오직 구름으로 덮인 정상을 향하고 바위의 장엄함이나 산세의 정묘함은 시간을 지체시킬 뿐이고 자기 집중을 흩뜨릴 뿐이다. 정상에 이르면 하산이 있는 것이고 그 산의 끝자락은 안개에 싸여 있다고는 해도 이제 끝나지 않을 하산길이다. 끝없는 전락으로 향하는. 유능하고 청렴하다고 알려지던 여러 법관이나 학자가 관료나 정치가의 길을 마다치 않는다. 프라이팬에서 나와 불 속으로 뛰어든다. 이것도 하나의 전락이다. 그러나 왜 망설이겠는가? 어차피 법관과 교수를 향한 그들의 고행은 전락할 권리의 획득이었는데. 더 크게 전락할 권리를 획득할 뿐인데.

생계가 그 직책을 획득하게 했다면 여유가 생긴 지금 자기 전공의 형이상학적 의미를 추구해보겠다거나 그 체계를 개선해보겠다거나 하는 생각은 왜 들지 않을까? 신경증 환자의 병인이 때때로 어린 시절의 외상外傷에 있듯이 그들의 문제는 학문에 진정한 흥미를 부여해본 적이 없던 젊은 시절에 있다. 그들은 문화와 예술이 실천적 목적에 봉사하는 것이 아닌 한 그 존재 이유가 없다고 생각했던 동굴 속의 사람에서 한 걸음도 진보하지 못했다. 외느라고 생각할 시간이 없었고 출세의 기회를 잡느라고 인품을 키울 기회가 없었다. 많이 외워서 단 한 번에 삶의 여러 목적물을 쟁취하겠다는 세계관 이외에 다른 어떤 인생관도 가진 적이 없는 사람들이 한탕주의 이외에 무슨 다른 가치관을 가지겠는가.

대학 도서관의 열람실을 꽉 메운 고시 준비생들은 심지어 참고 열람실과 간행물실까지도 자리를 차지하고 있고 대학의 한 풍속도로 자리 잡고 말았다. 그들의 편협함은 자신들의 목적과 양식 이외에 다른 어떤 가치의 존재도 인정하지 않는 데까지 나아간다. 다른 학생들의 교양 학습은 자기네의 공부에 비추어 의미도 화급함도 절박성도 없다고 느끼는 것 같은 행태가 여러 번 드러난다.

경악하게 만들었던 한 고시 준비생의 다음과 같은 변.

"법대 교수라고 해봐야 별것 아니지요. 고시에 합격한 사람들 아니잖아요. 고시 떨어지니 교수하는 겁니다."

천하고 야비하다. 자격증이라는 경이로운 이데아!

"아프로디테가 미스 유니버스 대회에 출전할 수는 없지."라고 교수에 대한 의도치 않은 두둔으로 그 녀석의 입을 막았지만, 마음은 답답했다. 무엇인가가 가슴을 눌렀다. 고시에 합격하고 지위를 취득하는 것은 무상의 가치이고 그 외의 것은 의미 없다. 권력과 물욕에 눈이 멀면 그렇게까지 무분별해진다.

물론 말한다.

"뭐 출세하자고 고시하는 건 아닙니다. 안정되고 정년까지 일할 수 있으니까 하는 거지요. 늙어서 연금도 받고."

맙소사. 말이 되는 소리인가? 무엇을 말하고자 하는가? 안정과 정년? 연금? 수동적이고 게으르게 살아도 해고되지 않고 정년까지 일할 수 있고 연금까지 받고? 갑각류이다. 활동, 모험, 열의. 이런 건 없다. 중무장하고 웅크리고 있겠다.

그러한 사람들이 좋은 대화 상대일리 없다. 야심에 찬 눈을 번뜩이며 "권력에의 의지"라는 전의를 불태우는 그러한 사람들의 경직성과 무미건조함이란. 이것이 문제의 끝이 아니다. 얼마 전에 사법시험의 합격자를 대폭 늘리겠다던 전前 정부의 방침이 후퇴한 일이 있다. 견지되었더라면 전 정권의 가장 큰 업적이 될 만했다. 여러 법관님과 변호사님들의 반대와 로비에 부딪혀서 결국 좌초되었다. 결국, 법학 대학원이 생겼지만 금수저와 흙수저가 싸운다. 다른 하나의 사건은 변호사와 의사의 수입에 부과하려던 부가가치세의 포기였다. 역시 그들의 로비에 부딪혔다. 또 하나의 사건은 사법연수원 졸업생들의 약속이었다. 얼마 이하의 월급으로는 절대 취직하지 말자던 임금 카르텔의 협정이었다. 이것뿐이겠는가? 새 정부 출범기에 정부개혁위원회의 위원들이 관료들로부터 엄청난 로비에 시달렸다는 자기고백을 했고 결국 공무원 구조조정은 포기되었다. 그리고 서울의 모 대학이 그 직책을 크게 늘려서 교수 구성원의 3분의 1이 보직교수가 되어 그들 강의의 많은 부분을 시간강사들에게 맡긴 채로 더 많은 보수와 더 많은 태만을 누린다는 사실이 있었다.

이 모두는 몇 가지를 분명히 말해주고 있다. 그들의 정의감과 도덕률이 심히 의심스럽다는 것이 하나이고, 다른 하나는 집단적 이기주의가 대단하다는 것이다. 사회적 계급을 벗어나서 판단할 수는 없다는 것이 한 뛰어난 정치경제학자의 견해이지만 정말이지 그들이야말로 이 사람의 통찰을 정당화해주는 예가 된다. 보편성과 정의는 없다. 자기 이익이라고 하는 너저분하고 추악한 것만이 그들의 말과 행동을 지배하는 동기이다. 수백 대 일의 암기 경쟁을 거친 장학퀴즈의 주인공들은 그들의 고행과 세월에 대한 보상을 요구하고 이것이 어떤 종류의 동업자 이기주의를 불러온다. 이러한 것은 추악한 자본가들이나 하는 짓이라고 생각해 왔었다.

자신의 판단과 행동의 근거가 위장과 양심의 어디쯤 위치하는가에 대한 솔직한 자기인식이 중요하다. 이것이 위선을 막는다.

"만인에 대한 만인의 투쟁"에서 희망을 주는 것은 인간은 때때로 자기 양심에 따라 자기 이익을 포기한다는 사실이다. 도덕의 근거이고 인간의 가치이다. 나는 거기서 심지어 신성의 번뜩임조차 본다. 자격증 소지자들이 자기 이익만을 고려하고 양심이란 본래 없었던 것이고 또 있을 필요도 없다는 듯한 노골적인 탐욕을 드러낼 때에는 공동체적 이념이나 국민통합은 물 건너간 얘기가 된다.

마음은 고통을 함께할 때 서로를 아끼고 또 삶에 대한 용기도 지니게 된다. 어느 작가의 말대로 "사랑이란 함께 하는 것이고 참여하는 것Aimer, c'est partager, participer"이다. 예수는 고통에의 참여를 죽음으로 보여줬다. 고통은 그 자체로는 그렇게 무서운 것도 아니고 그렇게 나쁜 것도 아니다. 그것은 삶의 조건 중 피치 못할 하나이고 또 그러한 도전이 없다는 것이 우리 자신을 위해 좋은 것만도 아니다. 여기에는 우리를 분노케 하는 어떤 것도 없다. 그러나 끝없는 물질적 고통 속에 처해 있고, 희망 없는 삶을 이끌어나가야 하는 전망 외에는 지닌 것이 없는 사람이, 자기보다 별로 나을 것도 없고 자기보다 별로 애쓰고 노력하지도 않는 사람이 자기에게는 가능하지 않은 여러 호사를 누릴 때에는 분노하게 되고, 이제 공동체는 끝난다. 도발에 대해 과다한 보복을 하는 것을 우리 마음이 용납하지 않는 것처럼, 자기의 사회적 조건을 이용하여 지나치게 부당한 이익을 끌어내려는 것도 우리 마음은 용서하지 않는다.

수강신청 전날에는 인간희극이 상연된다. 인터넷이 없던 시절 얘기다. 학생들이 긴 줄로 밤샌다. 처음 봤을 때에는 공산주의 시절의 구소련인가 싶었다. 어떤 학생들은 우산을 지붕 삼고 가방을 베게 삼아 잠을 청하고 어떤 학생들은 카드놀이를 벌이고 어떤 학생들은 그 와중에도 고시공부 한다. 고시과목과 학점 받기 쉬운 과목은 경쟁이 심하다. 외박이 금지되는 학생조차도 그날 밤만큼은 예외적인 허가를 받게 된다. 그 자식에 그 부모이다. "남에게 지지 말고 네 이익을 챙기라."는 것이 가정의 첫 번째 가훈이니까. 젊은이들이 동료를 밀어내고 원하는 수강과목에 한 자리를 얻겠다는 일념으로 길바닥에서 밤을 지새운다. 자격증을 취득하는 데 도움을 주거나 방해되지 않는 과목을 신청하기 위해.

밤을 새워야 한다면 도서관에서 지새야 할 학생들이 길바닥에서 밤을 새운다. 아파트 청약하려고 밀치고 밤을 새우는 사람들의 모습처럼. 최소한의 품위도 저버린다. 나이 들어 한숨지을 수 있어야 한다. 그땐 세상의 물질을 쓰레기로 보았다. 경멸했다. 물질로 향하는 욕망을 제어하려 애썼다. 꿈과 사랑과 이상을 세속으로부터 보전하려 했다. 지혜와 정의를 사랑했다. 그 정열이 우리 삶과 더불어 영원히 함께하리라는 믿음을 지녔다.

젊은 시절은 이렇게 안타까운 추억이어야 한다. 세속에 물드는 것과 지상 세계에 대한 욕심이 이렇게 일찍 싹트다니 정작 그들의 나중 시절은 어떤 것이 될까. 개탄을 넘어서는 막막함과 절망이 인다. 자격증 소지자들이 때때로 보이는 이기심의 근거를 여기에서 볼 수 있다는 생각을 밀어낼 수가 없다.

인문과학이 소멸하고 기초과학이 죽어간다. "별이 빛나는 하늘과 내 마음의 도덕률"에 대한 탐구는 설 자리를 잃는다. 인문과학이나 자연과학이 죽지 않아야 할 이유는 물론 없다. "쓸모없으면 의미 없다." 인문과학의 쓸모는 우리가 삶의 본질에 대해 부여하는 궁금증에 기초한다. 산업혁명이 기술의 폭발적 잠재력을 보여주고 자본주의가 물질적 성취의 중요성을 보여준 이래로 인문적 학문이 홀대받아온 것은 우리나라만의 문제도 아니고 어제오늘의 문제도 아니다. 그러나 그것도 정도의 문제이다. 지금과 같은 상황은 인문과학의 완전한 피폐 이외에 아무것도 아니다. 기초학문은 생각하는 법과 사는 법에 대해 무엇인가를 말해준다. 삶의 무의미와 절망적인 자기 포기에 의해 삶은 오히려 그럴 듯해진다. 많은 것들을 손에서 놓을 수 있다. 이 세계관이 사회적 도덕률을 키운다. 이것이 인문과학이다. 사회적 효용에 비추어 인문과학의 부흥에 요구되는 비용은 비교할 수 없이 적다. 자격증에의 전적인 몰입과 인문과학의 포기는 국가 전체로 보아서는 합리적이지 조차 못 하다.

인문과학과 기초과학에 대해 말할 때 그것은 현재 대학의 자격증 소지자들을 예외로 하지는 않는다. 그들 역시 인문학을 죽이는 사람들이다. 인문학은 삶의 정신적 측면에 관한 탐구이다. 그러나 그것을 직업으로 삼고 있는 사람들은 삶이 별로 궁금하지 않다. 무능하고 태만하고 겉멋 들린 거드름만 갖고 있다. 허위의식과 안일함. 임용되는 순간 같잖게 해 오던 공부마저 끝난다.

이 자격증 공화국에 눈을 감을 수 없는 다른 구성원들이 있다. 패배자가 훨씬 많고, 이 사람들 역시 슬픈 역사를 써나가게 된다. 두어 번의 좌절감은 또 다른 시도를 위한 용기를 유지시켜주지만 결국 포기해야 하는 지경까지 이른다. 그들은 삶에 대해 자신감을 상실하고 모멸감과 평생을 지속하는 열등감 속에서 살게 된다. 수년의 헛된 젊음의 낭비였다. 자신은 무엇도 할 수 없다는 심적 피폐함만 지닌 채로 살게 된다. 단 한 번의 패배도 당사자에게 씻을 수 없는 트라우마를 안긴다. 하물며.

배운 것이 있을 것이라는 위안은 어불성설이다. 앞에서 말한 바대로 무의미한 암기가 무엇을 남겨줄까. 패배의 자취는 빨리 지우고 싶은 것이 인지상정이다. 그들에게는 손상당한 자존심과 지나가 버린 세월의 까칠한 흔적과 막연한 미래만이 남는다. 고시만이 의미 있는 것이 아니고, 그것이 아니라도 할 것이 많다고 설득해도 소용없다. 동굴의 밖을 원하던 사람이 묶인 채로 동굴 속에 있을 수 없다. 삶은 어떻게 한다 해도 빚은 아니라는 사실을 어떻게 말해줘야 하나. 삶의 가치는 어떤 직업과 관련 맺지는 않는다는 사실을. 아아, 삶 전체가 동굴이라는 사실을.

해주고 싶은 말은 이것뿐. 승자의 미래는 전락이지만 너는 한 가지 마법에서는 벗어났다고, 갑옷이 없으므로 민첩성과 활동성을 키우며 인생을 살아가라고. 진입 장벽 안에서 전락할 운명은 벗었다고. 그것이 더욱 나은 생활양식이라고. 시간과 활기와 생명력을 잃고 자부심과 어리석음을 얻기 위해 취득해야 하는 것이라면 아무리 많은 것을 보장한다 한들 그것이 무슨 의미가 있겠는가? 아끼고 보살펴야 할 것은 먼저 자신의 영혼이지 사회적 보장이 아니다. 평생에 걸쳐서 노력하고 애써서 죽어가는 순간까지도 삶이 충만하면 된다. 생각하는 노숙자의 운명이 생각 없이 사는 자격증 소지자의 그것보다 낫다.

법철학자 헤겔이 한국의 사법고시에 합격할 수 있었겠는가? 위대한 재상 리슐리외가 한국의 행정고시에 합격할 수 있었겠는가? 생각하느라고 바빠서 암기할 시간이 없었을 것이다. 그러므로 국가의 종복이 된다는 명예는 부디 잘 암기하는 더 영리한 사람들에게 넘겨주자. 경쟁을 두려워 말고 열심히 전락하라고. 패자는 각성과 분투로 길을 열어나가면 된다. 힘들고 거칠다 해도 갑각 속에서 야위어가는 것보다 낫다.

그들이 항의할까? 어떤 항의일까? 이렇게 말한다.

"우선 편협한 시각이고, 다음으로 경솔한 일반화이고, 마지막으로 대안 없는 비판이다."

첫 번째의 "편협함"에 대한 판결은 누구의 몫도 아니다. 하나의 생각이 제시되었다. 생각에 대한 객관적 판단은 없다. 자기 입장에 의해 판단을 미리 정하고 있다. 고시 준비생이나 고시 성공자는 편협하다고 한다. 그 경우에는 남의 눈에 비친 자신의 모습을 살피고 행위로서 그 시각이 편협하다는 것을 보이면 된다. 행위가 올바르다면 그것만이 편견에 대한 반증이다.

누구나 자신의 의견을 기탄없이 제시할 수 있다. 화부터 내지 말아야 한다. 냉정함을 잃고 화부터 낸다면 격정이 이성을 지배하게 되는데 무엇이 개선되겠는가. 자기 경험의 한계 내에서 자기 판단을 설정하게 된다. 이 글 역시 나의 경험의 테두리 내에 있다. 그 편견을 바꾸려면 경험부터 바꾸어야 한다. 개인적인 만남과 언론이 이러한 시각을 지니게 했다. 갑옷을 뒤집어쓰지 않은 자격증 소지자들을 만난다면, 훌륭한 법철학이나 법이론 책을 내는 것을 가치로 알고 애를 쓰는 법관을 만나거나, 자정까지 연구하는 것을 즐거움으로 알기 때문에 건강을 해친 교수를 만난다면, 신문이나 방송에서 관료나 법관들의 부정과 부도덕과 이기심을 볼 수 없다면 이 견해는 수정되어야 한다.

"비뚤어진 시각"에 대해서는 짚고 넘어가야 한다. 그 비난은 오랜 역사를 가지고 있다. 사실을 보기 싫어하는 것은 언제나 기득권자(기득권자가 되고자 하거나 될 예정인 사람을 포함하여)들의 성향이다. 모든 것이 만족스럽거나 바야흐로 만족스러워지려 하는데 왜 진실 따위의 하찮은 것 때문에 정신건강에 피해를 입어야 하는가? 삶이 "예정조화"를 이루고 "세상은 전부 잘 굴러가는데All's well with the world" 왜 당신이 나서서 나의 만족감에 재를 뿌려대느냐. "마셔라, 그렇지 않으면 가라." 이것이 술좌석의 법칙이다. "절이 싫으면 중이 떠나는 것"이다. 세상이 그렇다는 것이 불만이면 네가 사라지면 된다.

이러한 것들이 내면에서 비밀리에 속삭인다. 그러나 이러한 "팡글로스"들의 항변이 인간의 삶을 고달프고 구역질 나게 만든다는 사실에 눈을 감을 수 없다는 것도 동일한 사실이다. 사실주의realism가 고귀한 분들을 거북스럽게 만들고, 키치Kitsch가 당대의 잘난 사람들의 심미안을 만족시켰다는 것 — 불쌍한 모차르트나 렘브란트 등이 거의 굶어 죽을 지경으로 버림받았다는 것, 가장 형편없는 그뢰즈Greuze가 격찬을 받았다는 것 — 은 어떤 교훈도 안 된다. 자격증이 없는 사람이 감히 동등한 삶을 산다는 것은 용납할 수 없다.

그러한 세계관을 옳다고 할 수 없음이 송구스럽다. "올바르고 긍정적인 시각"과 "비뚤어지고 편협한 시각"은 역사가 말하는 대로 조화가 불가능하다는 것을 알고 있고 또 밝고 건강함을 병적 불건전함으로 물들이고 싶지도 않다. 비뚤어진 시각이 무엇에 대한 것이고 어떠한 종류의 것이냐에 대해서만 밝혀 두고 싶었다. 영생이 함께하기를 빌겠다. 마지막으로 그 입장이 중립적인 다른 분들에게도 말하고 싶다. 여러분들이야말로 판단의 몫을 가진 사람들이라고. 여러분의 좋은 견해를 부디 말해주기 바란다. 고견으로 받아들이겠다.

두 번째의 "성급한 일반화"에 대해 말하겠다. 그 반박은 확실히 옳다. 귀납추리에는 본래 큰소리칠 수 없는 요소가 있다. 내가 아무리 많은 사람을 만났고 아무리 많은 사실을 알고 있다고 해도 그것이 전체를 포괄하지는 않는다. 몇 명의 게 껍질을 뒤집어쓴 자격증의 인물들을 만났다고 해서 어떻게 "모든 자격증 소지자는 게 껍질을 뒤집어썼다."고 주장할 수 있겠는가. 그렇다. 확실히 이 주장의 논리적 완성도가 충분치 않다는 것을 인정한다. 훌륭한 수학적 직관에 대해서도 경탄한다.

이것에 대한 변명은 다음과 같다. 하나는 순수하게 논리적인 것이고 다른 하나는 다른 종류의 변명이다. 귀납추리는 반증과 반례에 의해서만 깨진다. 단 한 마리의 하얀 까마귀라도 본다면 그 견해의 근거 없음을 시인해야 하고, 무기를 버리고 백기를 들어야 한다. 갑옷을 걸치지 않은 단 한 명의 자격증 소지자라도 데려와 달라.

두 번째의 변명. 이것은 논리학이 아니라 에세이다. 이것은 거듭 경험의 소여 내에서 움직였고, 자격증을 취득하고자 애쓰는 사람들의 내면에 깃든 어떤 근원적인 측면을 밝혔고, 또 취득한 사람들의 어떤 삶의 경향에 대해 말했다. 갑옷을 걸치지 않은 법관님이나 관료님이 사실은 그 계급의 대부분이라는 것을 보인다면 이 견해가 틀렸다는 것 이상으로 내가 바보라는 사실도 인정하겠다. 바보라는 소리를 한두 번 들은 것도 아니니 모든 것이 다 괜찮다.

세 번째의 반박은 정말이지 기분 좋은 종류이다. 대안을 제시하는 입장에 서다니. 그러나 이에 대해서는 대안을 제시하는 것 이상으로 더욱 중요한 변명을 하겠다. 사람 가운데는 건설보다는 파괴에 더 많은 재능을 가진 사람이 있고 긍정적인 측면을 보기보다는 부정적인 측면에 더 민감한 사람이 있다. 파괴와 부정은 그 자체로서 나쁜 것이 아니다. 나쁜 파괴와 나쁜 부정이 있을 뿐이다. 파괴와 부정은 건설과 긍정을 위한 방법론적인 전 단계라는 것을 공감해주기 바란다. 그리고 대안에 대해 말하자면, 그것은 누구의 의무도 누구의 몫도 아니고 누구의 능력의 한계 내에 있는 것도 아니다.

군이 대안을 묻는다면 되묻고 싶다. 사실상 다들 알고 있지 않으냐고. 다들 알면서도 시행하지 않거나 시행하지 못하거나 하는 것이 아니냐고. 앞에서도 예를 든 바와 같이 고시 합격자의 수를 대폭 늘려서 대량의 변호사를 배출하고 법관은 그중 선거나 추천으로 하는 것이 왜 불가능한 것인가? 교수들에게는 연구과제에 의해 잠정적인 취업만을 보장해주고 끊임없는 교수평가와 논문발표에 의해 언제라도 그 자리가 박탈될 수 있다는 사실만 주지시켜주면 된다. 철밥통을 안고 있다는 세간의 평가가 부끄럽지도 않은가? 그렇게 구차한 소리를 듣고 사느니 차라리 굶겠다.

관료에 대해서도 이야기하자면, 그들 직업의 안정성을 먼저 제거하고 그다음으로는 끊임없는 시험과 평가로 혹독한 자기 개선을 요구하라고 하고 싶다. 아테네는 심지어 공무원을 추첨으로 정했고(모두가 기피하니까), 플라톤은 모름지기 모든 관료는 사유재산과 가정조차도 포기해야 한다고 말하지 않았는가. 이렇게는 못한다고 해도 왜 누구에게나 당연한 개선이 이루어지지 못하는가? 앞에서도 말한 바와 같이 이것은 어리석음 때문이 아니라 욕심과 야비함 때문이다. 알면서도 행하지 않게 되는 것은 집단적 탐욕과 기득권에 기초한다. 본래 우리의 의식은 무의식의 껍질에 지나지 않고 우리의 지성은 우리 의지의 노예이다. 그러한 이유로 모든 지적이고 설득력 있는 논거가 야만적 탐욕 앞에서는 빛을 잃는다.

대안을 묻지 말라. 이미 알고 있지 않은가.

　이야기를 끝내고자 한다. 이 비판에 상처를 입었다고 주장하는 여리고 섬세한 감수성을 지닌 고시 준비생이나 자격증 소지자가 있다면 정말이지 미안하다고 이야기하겠다. 부디 갑옷 속에서 아름다운 감수성을 잘 보존하고 이 말에 상처 입지 않고 살아 나가기 기원한다. 자기 인생만 행복하고 편안하면 되지 남들의 이러쿵저러쿵이 무슨 소용인가. 원래 남의 말에 귀를 기울이지 않는 것이 정신적 건강과 남성적 고집의 표상이다. 자격증과 유능성에 대한 못된 꽹과리 소리는 모두 질투에서 나온 것일 터이다. 넋두리를 하잘것없는 바보의 이야기로 치부하면 된다. 혹시라도 이 견해에 동의하고 일리가 있다고 생각하는 분이 있다면 그 공감은 고마운 것이다. 부드럽고 조용한 웃음으로 이 글을 끝낼 수가 있겠다.

9

유감이다

독서유감

讀書遺憾

"선생님은 요즘 어떤 책을 읽으시지요?"

강연 후의 질문. 멈칫했다. 비밀스러운 창피함이 폭로되겠다. 책 안 읽은 지 이미 십수 년이 지났다. 그는 당당하다. 질문의 의미가 명확하며 물을 만한 것을 물었다고 생각한다. 그는 왜 이 질문이 잘못된 질문이라고는 생각하지 않을까? 사실 이 질문은 편견과 호기심에 찬 질문이다. 우선 내가 "요즘" 어떤 책인가를 읽고 있다고 전제한다. 두 번째로는 독서는 만인에게 공통된 (품위 있는) 의무라는 심적 태도를 전제한다. 세 번째는 독서와 관련해서뿐만 아니라 무엇에 대해서고 개인적인 것은 묻지 말아야 한다는 사실을 무시하고 있다.

이 질문에 답변할 수 없다. 단지 쳐다보고 멋쩍게 웃을 뿐이다. 어떤 대답을 해도 질문자의 기대를 충족시킬 수 없다. 그의 질문은 세 개의 목적을 가졌다. 하나는 글줄깨나 쓴다는 사람이 읽는 책을 자기도 한 번 읽으려는 의도이다. 두 번째는 물론 호기심의 충족이다. 이 사람은 어떤 책에서 정보를 얻을까? 그는 분명 자신이 읽은 책이라고 생각한다. 대담하게도. 세 번째는 집단적 자기만족에의 요구이다. 당신이나 나나 우리 둘 다 "독서"에 열중하는 가치 있는 사람이 아니냐는.

만약 그가 "선생님은 어떤 책을 추천하시지요?"라고 물었다면 좀 더 마음 편하게 대답할 수 있었다. 몇 권 안 읽었다 해도 아무튼 좋게 읽은 책들이 있다. 그 경우는 자신 있게 답할 수 있다. 젊었던 시절엔 독서를 아주 안 하진 않았다. 도서관에서 대출도 받았다. 그러나 책 읽은 지 꽤 됐다. 마지막 독서는 기억조차 없다. 천성적으로 책 읽기를 싫어한다. 물론 교과서는 읽었다. 덕분에 굶지 않고 산다. 그러나 그 질문자는 독서에 교과서 읽기를 포함하지 않을 것이다. 편견이다. 대부분의 편견이 허영과 우월감에 차 있듯이 이 편견도 마찬가지다. '교과서 정도 읽기를 독서라고 간주하다니. 공부와 독서는 다르지 않은가. 공부는 의무이고 독서는 미덕이다.' 그러나 나에게는 교과서 읽는 것 역시도 독서이다. 또한, 독서의 즐거움도 — 거기에 즐거움이 있다면 — 충분하다.

나는 언제라도 고등학교 생물학 교과서나 화학 교과서를 다시 읽을 수 있고 또한 거기서 충분한 즐거움과 이익을 얻어낼 수 있다.

"요즘 읽는 책"은 없다. 왜 읽어야 하는지도 모르겠다. 질문자는 아마도 교양의 증진으로서의 독서의 의무를 전제하고 있겠지만 교양이고 뭐고 간에 재미없으면 하기 싫다. 두 가지를 하게 된다. 밥벌이와 관련된 일과 재밌게 할 수 있는 일. 교양이란 무엇일까? 사실 그것도 재미를 위한 것이다. 물론 재미를 위한다고 해도 주야장천 술에 절어 산다면 곤란하다. 삶을 망친다. 미래가 없다. 재미는 먼저 좋은 재미여야 한다. 좋은 재미는 남한테 폐를 끼치지 않고 스스로에게도 폐를 끼치지 않는 재미이다. 또한, 곧 권태스러워져도 안 된다. 추구하면 추구할수록 재미있어야 한다. 이때 재미는 삶을 풍요롭게 한다. 교과과정의 많은 부분이 이 재미를 요령껏 얻어내는 데 집중되어 있다. 수학이나 과학이나 역사가 먹고사는 데 무슨 도움이 되겠는가? 단지 건설적인 재미를 위한 것들이다.

한때 낚시에 미친 적이 있다. 송어들. 연어들. 캐스팅할 때의 기대와 무엇인가가 물었을 때의 두근거림. 저항하는 물고기의 역동성, 낚아 올렸을 때의 승리감. 일상이 거기에 젖어 있었다. 그것만이 삶에 즐거움을 줬다. 낚시터 옆에 기거하는 것이 꿈이었다.

텐트 치고 침낭 덮고 주야장천 물고기 잡고. 그러나 먹고 살아야 했다. 가능한 철수를 미룬다. 아침 여섯 시에 시작한 낚시가 밤 열 시나 돼야 간신히 끝난다. 종달새와 더불어 시작하고 박쥐와 더불어 끝난다. 이쯤 되니 삶에도 악영향을 끼친다. 온종일 송어의 도약에 잠겨있으니 무슨 일이 제대로 되겠는가? 강의하면서도 생각은 북쪽에 있었고 손은 자꾸 캐스팅을 하고 있다. 집안은 엉망이 되어갔다.

지나친 취미의 추구는 주변을 쓰레기통으로 만든다. 온갖 것들을 사들인다. 릴도 이것저것 사고, 낚싯대도 몇 개씩 사고, 플라이 피싱 조끼도 사고, 마침내는 고물 보트까지 사들이게 되었다. 일곱 개의 조끼가 있었다. 모든 것은 똑같았다. 단지 계급장의 넓이 차이가 조금씩 있을 뿐이었다. 플라이 낚시꾼들은 벨크로로 만든 계급장들을 왼쪽 가슴에 붙이고 다닌다. 거기에 플라이들을 매달고 물속으로 뛰어든다. 임전무퇴의 정신으로.

이러한 열정도 한때일 줄은 몰랐다. 어느 날부터 싫어졌다. 추운 낚시터도 싫었고 물고기 비린내도 싫었고 플라이 타이잉도 번거롭게 느껴졌고 끊어진 테이퍼를 다시 묶기도 귀찮아졌다. 나 자신에게 폐를 끼치던 하나의 취미가 사라지고 있었다.

낚시는 궁극적으로 좋은 재미가 아니었다. 항구적인 즐거움을 주지는 못했으니까. 날린 돈이 아깝고 들인 시간이 아깝다. 물론 지금도 가끔 낚시를 한다. 그러나 거기에 열정은 없다. 이제는 낚시보다는 낚시터가 좋고 거기에서의 식사가 좋다. 차라리 다행이다. 취미가 중독이어서는 안 된다. 알코올 중독 역시도 재미에의 중독이다. 나의 취미가 취미의 나가 될 수도 있다. 즐거움에서 중독으로의 이행이다.

태생이 한량인지 여러 취미를 겪게 된다. 오디오 취미도 그중 하나다. 이 취미는 사실 취미의 부정적 요소를 모두 가지고 있다. 일단 돈이 많이 든다. 진공관, 트랜스포머, 커패시터, 저항 등. 가격이 만만치 않다. 이것은 단지 앰프만의 문제이다. 소리는 카트리지로부터 시작해서 톤암, 턴테이블, 포노앰프, 프리앰프, 파워앰프, 스피커를 통해 겨우 나온다. 간단치 않다. 만만치 않은 비용을 요구한다. 어떤 오디오쟁이도 한 세트의 오디오에 정착하지 않는다. 오디오 취미꾼들의 오디오 업그레이드에 대한 욕망은 거의 추하다고 할 탐욕을 보인다.

집안이 엉망이 된다. 쓰레기 수준의 빈티지 오디오와 부품들이 집주인을 밀어내고 거실을 차지한다. 진공관 오디오가 간결하고 예쁘게 생긴 경우는 거의 없다. 빈티지 오디오와 부품들이 집안을 차지하게 되면 집안은 쓰레기통이 된다. 물론 빈티지 애호가들은 이러한 것들에 매우 강도 높은 심미적 가치를 부여하겠지만 문외한들에게는 쓰레기에 지나지 않는다. 녹이 슬고 부품이 밖으로 그대로 드러난 기계들이 예쁘게 보일 수 없다.

이 취미가 자작DIY 수준에 이르면 이제 사람도 망가지기 시작한다. 인두기를 들고 기계에 덤벼든다. 시원찮은 솜씨로 땜질을 해댄다. 냄새와 연기. 커패시터의 용량이나 내압을 다른 것으로 하면 소리가 더 좋아질 수도 있다. 아니면 트랜스포머를 다른 것으로 바꾸어 보던지. 문외한들은 궁금해한다. 도대체 소리가 소리이지 더 좋은 소리가 무엇이 있겠느냐고. 좋은 소리가 있긴 하다. 오디오쟁이들은 이것을 음악성이 있는 소리라고 한다. 선명하고 섬세하면서도 박진감 넘치는 소리. 따라서 오디오쟁이들은 음악보다는 소리를 듣는다. 주객이 전도된다. 음악을 위한 소리가 소리를 위한 음악으로 바뀐다. 오디오쟁이들은 절대 다양한 음악을 듣지 않는다. 그들은 단지 레퍼런스용의 레코드 몇 장만을 듣는다.

소리를 위한 소리의 추구가 오디오쟁이들의 삶이다. 거의 광적인 수준에 이른다. 그들은 심지어 새로운 소리에의 기대에 삶의 대부분을 바친다. 오디오 동호회처럼 시끄러운 곳도 없다. 소리라는 것이 워낙 감각적이고 원초적이고 주관적인 영역인지라 서로 간에 감정 섞인 설전도 오간다. 좋은 소리와 그렇지 않은 소리 간의 승부가 야구경기의 승부와 같을 수는 없다. 야구에도 무승부가 있는데 어떻게 소리 사이에 명백한 승부가 있겠는가? 재밌게도 뇌에 연결되는 경로가 짧을수록 더욱 주관적이고 감각적이다. 후각, 청각, 촉각, 시각, 미각 순이란다. 만약 냄새 동호회가 있다면 여기에서도 온갖 시끄러운 소리가 다 나올 것이다. 어떤 냄새가 진정한 후각적 가치를 가진 냄새냐는 주장의.

야구선수들은 타구의 방향을 보고 달려가기 이전에 타구음을 듣고 먼저 방향을 정한다. 의문스럽다. 광속이 음속보다 빠르지 않은가. 물론 그렇다. 그러나 소용없다. 빛이 아무리 눈에 먼저 닿는다 해도 그 뒤에 닿는 소리가 뇌로의 전달이 더 빠르다. 판단의 속도는 후자에서 결정된다. 청각은 시각보다 직접적이다.

엄밀히 말하면 진정한 애호가라면 그것 자체를 위한 그것에의 추구에 몰두한다. 진정한 낚시애호가라면 여흥이나 물고기 포획을 위한 낚시가 아니라 낚시 그 자체에 몰두한다. 그것 자체가 주는 즐거움이 크다. 진정한 낚시꾼은 잡고 놓아준다. 오디오 애호가들도 마찬가지이다. 진정한 애호가들은 음악에 집착하지 않는 것 이상으로 기기에도 집착하지 않는다. 새로운 가능성이 보이면 오래 애용하던 기기라도 쉽게 팔아치운다.

나는 무엇이든 극단적으로 밀고 나갈 배짱도 끈기도 없다. 낚시도 그랬고 오디오 취미도 그랬다. 모든 취미들이 시들해진다.

오디오도 이제는 음악만 그럭저럭 나오면 그냥 사용한다. 그러니 어떤 것에 대해서건 진정한 애호가는 아니다. 어떤 시인이 "사랑만을 위해 사랑해 주세요."라고 말할 때 속이 뜨끔했다. 너는 그렇지 못한 놈이잖아. 무엇이든 끝장을 볼 열정을 가지지 않았잖아. 사랑을 위한 사랑이 아니라 재미나 향락을 위한 사랑이었잖아. 쉽게 싫증 내고 도망가곤 했잖아.

사실 그랬다. 혹시라도 상대편이 열정을 가질까 걱정했다. 아주 비겁한 상황을 만든다. 상대에게서 즐거움을 얻어내자. 그러나 서로 열정적이지는 말자. 어떤 책임도 지기 싫은 만큼 어떤 책임도 요구하지 않겠다. 모든 것이 한시적이듯이 이것도 그렇다. 그러니 적당하든지 그만두든지. 여자들은 질려 했다. 도망갔다. 지금 삶에 만족한다. 엄밀히 말하면 나의 노년에 만족한다. 이제는 열정은커녕 향락조차도 원하지 않게 되었으니까. 많은 것들이 늘어가는 나이와 더불어 불편해지지만 쓸데없는 열정의 소멸에서는 편해진다. "열정을 위한 열정"을 가져본 적도 없으면서. 그러니 나는 사랑애호가도 아니다. 드문 사람일 것이다.

솔직히 말하면 사랑이 의심스럽다. 그것이 과연 실체를 가진 것인가? 누군가가 사랑을 말하면 항상 묻고 싶었다. "당신은 그것의 존재를 당연한 것으로 전제하는데 그것의 실체를 어떻게 확인하지요?" 누구도 사랑을 본 적 없다. 애정, 집착, 질투 등은 볼 수 있지만. 있을 수도 없는 것을 어떻게 애호할 수 있겠는가? 물고기와 소리야 확실히 거기에 있지만.

진정한 애호가는 말한 바대로 그것 자체를 추구한다. 그러나 이 열정은 파멸적이다. 어느 취미건 끝까지 밀고 나가면 그 밖의 삶의 부분들은 파국을 맞는다. 열정적인 낚시꾼의 주말은 물론 호수나 바닷가이다. 가족은 아빠 없는 주말을 보낸다. 작은 문제가 아니다. 여성들은 스스로 주말 과부라고 칭한다. 더구나 낚시에 비용이 적게 들지도 않는다. 골프 못지않다. 오디오 취미도 마찬가지다. 열정적인 오디오 애호가들은 대체로 다른 부분에 있어서 야박하다. 어떤 경우에는 가혹할 정도로 야박하다.

미국의 빈티지 오디오 숍에는 빈티지 보석도 같이 진열되는 경우가 있다. 오디오 애호가 누구도 빈티지 액세서리에는 눈길조차 주지 않는다. 자기가 구매하는 오디오의 백분지 일의 돈이면 마누라나 딸을 눈물지을 정도로 행복하게 만들 수 있는데. 심지어 오디오 가격과 관련해 많은 가장이 거짓말을 한다. 몇백만 원짜리를 몇만 원짜리라고 말한다. 가정의 평화를 위해서란다.

재밌는 얘기하나. 한 애호가가 새로운 카트리지를 구입했다. 일백만 원이었다. 그는 일만 원이라고 거짓말했다. 마나님은 일백만원짜리 카트리지를 용서하지 않는다. 그 애호가가 매월 갖다 주는 월급의 3분지 1에 해당하는 카트리지를 어떻게 용서하겠는가? 그는 자기 거짓말에 대한 대가를 참혹하게 치르게 된다. 그의 둘째 아들이 문제였다. 친구들을 집에 데려왔다. 턴테이블과 앰프와 스피커의 완결된 시스템. 그리고 거기에서 음악이 나오는 광경은 친구들에게 보일 카드 중 하나였다. 만약 톤암 끝에 달린 조그만 카트리지가 일만 원이 아니라 일백만 원이라는 사실을 알았더라면 손조차 대지 않았을 것이다. 부러뜨리고 말았다. 그러나 태연했다. 일만 원쯤이야. 미안한 정도.

퇴근한 애호가는 미쳐가고 있었다. 적은 돈이 아니었다. 용돈을 쪼개고 쪼개서 만든 돈이다. 그는 작은아들을 데려다 마구 혼을 냈다. 물론 가격 얘기는 할 수 없었다. 단지 아버지 물건에 손을 대는 것은 버르장머리 없는 짓이라고. 웃기는 얘기지만. 폭풍처럼 밀려드는 아버지의 분노에 아들은 어안이 벙벙했다. 아니 집 안 거실에 보란 듯이 자리 잡고 있는 오디오가 어떻게 사적인 것인가. 다정했던 부친의 너무나도 혹독한 분노에 놀란 아들은 그만 눈물을 터뜨렸다. 고등학교 1학년이나 된 놈이.

반전이 일어났다. 문을 박차고 나온 마누라가 면전에 일만 원을 내던지고는 아들을 내보냈다. 분기탱천한 마누라는 심지어 호흡이 가빠했다. 그녀의 서슬 퍼런 눈은 많은 것을 담고 있었다. 그 많은 것 중 가장 날카로운 것은 "당신은 거짓말을 했어요!"였다.

물론 다 알고 있다. 그녀들은 단지 알고 속아줄 뿐이다. "Video et taceo."라는 라틴 격언이 있다. "나는 본다. 그리고 입은 닫는다." 애처로움과 분노 가운데. 멀쩡한 정신을 가진 남편들이라면 이러한 모멸감을 견디지 못할 것이다. 그러나 애호가는 견딘다. 위대한 애호가의 궁극적인 이데아는 마땅히 마비된 분별이니까. 이 마비된 분별은 공감능력을 앗아간다. 그 돈이나 그 정성이라면 다른 가족 구성원의 행복을 살 수 있고 친구들에게 술이라도 한 번 더 살 수 있다. 이제는 절대 안 될 노릇이다. 돈이 없으니까. 신용카드 메꿀 일이 급하니까. 애호가의 욕구는 돈에 앞서 이미 예비되어 있다. 돈이 남아나지 않는다.

독서 취미는 어떨까? 이 영역도 만만치 않다. 많은 독서광이 있다. 어떤 사람은 일 년에 백 권을 읽을 계획을 세우기도 한다. 연말이면 심지어 일 년간 읽은 도서의 목록을 작성하기도 한다. 백 권! 끔찍하다. 어떻게 이것이 가능할까? 만화일지라도 일 년에 백 권을 읽기 힘들 텐데. 그야말로 독서를 위한 독서이다. 독서를 위한 삶이다.

이런 사람들의 거실에는 책장이 붙박이로 설치되어 있다. 압도적인 장서이다. 책꽂이로 부족하다. 방바닥에도 이리저리 쌓아 올린 책 무더기들이 있다. 불세출의 독서가이다. 이런 거실에서는 커피조차 넘어가지 않는다. 장서에 이미 압도된다. 그렇게 많은 책을 가져본 적 없다. 수천 권의 장서라니. 사실 책처럼 좋은 시각적 효과를 주는 실내장식도 없다. 다양한 색깔. 다양한 글자꼴로 된 서적들은 그 자체로 아름다움이다. 또 크기도 다양해서 다채로운 아름다움도 지닌다.

공개 강연 요청이 가끔 들어온다. 주로 인문학이나 독서 동호회의 요청이다. 용돈 벌이로 쏠쏠하다. 고마운 마음으로 간다. 두 시간쯤 맘껏 짖어대고 돈까지 받으니까. 강연 끝나고는 내가 무슨 말을 했는지도 잊는다. 두 시간에 쓸모 있는 어떤 것인들 말해줄 수 있겠는가? 열심히 떠들긴 했다. 끝나고는 허전하다. 단지 안주머니의 강연료가 보람찬 두 시간이었다는 느낌을 줄 뿐이다. 이런 사람에게 무슨 책을 읽고 있느냐고 묻다니.

누군가가 내 서재에 와 보고 놀란다. 수십 권의 책이 있을 뿐이다. 무엇인가가 잘못됐다. 이 사람의 서재가 이렇게 초라할 수는 없다. 인문학자 아닌가. 책이 아니라면 이 사람과 나는 무엇을 공유할 것인가. 탁자와 의자와 PC, 노트 몇 권과 책 이십여 권이 내 서재 살림살이의 전부이다. 이것들을 읽었을 것이다. 다른 것들도 — 많이는 아니라 해도 — 물론 읽었을 것이다. 나는 그러나 일단 물리적인 것으로서의 책을 싫어한다. 살림살이가 복잡해지면 짜증 난다. 읽고 나면 분리수거한다. 갖다 버린다. 남아있는 수십 권들은 분서갱유의 생존자들이다. 어떤 기준이 있지 않다. 단지 손에 걸려들지 않았다는 것뿐이다. 걸리는 대로 갖다 버리니까.

독서 취미가 없다. 말한 바대로 취미란 "그것을 위한 그것"에의 추구이다. 만약 그것이 다른 어떤 목적을 가졌다면 그것은 이미 실천적 이익을 위한 것이지 취미가 아니다. 진정한 골프광이라면 공을 때리는 자신보다는 공을 때린다는 사실 자체에 집중해야 한다. 진정한 독서광이라면 무엇인가를 얻어내기 위한 독서보다는 독서를 위한 독서에 심취해야 한다. 적당한 취미는 광적 취미가 아니다. 진정한 애호가는 미쳐야 한다.

난 미쳐 본 적이 없다. 적당히 하고 만다. 끈기도 없고 열정도 없다. 진지하게 책을 읽은 것이 이미 한참 전이다. 그 후로는 독서 경험이 없다. 그 이전에도 독서를 많이 하지 않았다. 책이라면 표지만 들여다봐도 이맛살이 찌푸려진다. 몇 번 시도한 적이 있다. 실패했다. 서문 읽을 때 이미 권태로워진다. '언제 다시 읽어야지.' 하고는 시도했었다는 사실도 잊고 만다. 나 같은 사람들만 있다면 관련 분야 종사자들은 밥 굶었다. 내 돈을 주고 책을 산 것은 이미 이십 년 전쯤에 끝났다. 책에 돈을 들이다니! 헛돈을 왜 쓰는가? 도서관에 있고 구글에 파일로도 있다. 공짜이다.

미국 횡단 여행을 시도한 적이 있다. 젊은 시절 얘기이다. 동부에서 출발하여 플로리다, 샌디에이고, LA, 샌프란시스코, 시애틀까지가 계획이었다. 모처럼 한가한 두 달을 가질 수 있었다. 내 세상이다. 이 도시 저 도시를 연결하는 그레이하운드. 창밖에 펼쳐지는 이 커다란 나라의 다양한 전경들. 행복은 나흘을 지속했다. 나흘의 여행 후에 갑자기 절망스러워졌다. 마이애미에서부터 슬퍼지기 시작했다. 외로웠다. 이러저리 도시 구경을 하고 해변에서 살도 태우고 샌드위치도 사 먹고 밤에는 바에서 술도 한 잔 걸치고. 나흘이 지나자 향락으로 느껴지지 않았다. 이 세상에서 나만 외로운 것 같았다. 모든 것에 시들해졌다.

서점에 들어갔다. 내가 서점에 들어가다니. 지나면서 중얼거리곤 했었다.

"대체 서점은 왜 있는 거지? 책 팔아서 먹고살 수 있나? 하루 몇 권이나 팔린다고."

심심하니 나도 서점에 들어가게 되었다. 현란했다. 모든 종류의 책이 다채로운 표지를 입고 진열되어 있었다. 없는 책이 없을 것 같았다. 지식의 보고였다. 이 사실을 나만 모르고 있었다. 모든 사람이 책 덕분에 똑똑하다는 사실을. 한편에는 테이블과 의자가 있어서 성질 급한 구매자들이 책을 이미 펼쳐 보고 있었다. 살짝 낯설었다. 이러한 화려함은 새로운 것이었다. 그나마 내게 익숙한 책은 따분한 갈색 하드커버의 냄새나는 책들이었으니까.

눈이 한 곳에 못 박혔다. 창으로 들어오는 강렬하고 밝은 햇빛이 이리저리 날리는 먼지까지도 세세하게 보여주고 있었다. 뿌연 먼지 속에서 무엇인가가 광채를 머금은 채로 내 눈앞으로 넘실거리며 다가왔다. 무엇이었을까? 얇은 페이퍼백의 《논리철학논고 Tractatus Logico-Philosophicus》였다. 감상적이 되었다. 눈물이 났다. 단순히 눈물이 글썽거려진 것이 아니라 진짜 눈물이 났다. 가슴이 두근거리고 모든 다정함이 일시에 몰려들었다. 무미건조한 갈색 장정의 얇은 책. 나는 그에게 들었다. 우리가 무엇을 얻을 수 있고 무엇을 포기해야 하는가를. 몇 줄로 된 단순한 명제들. 단지 수백 개의 명제만이 나열된 따분한 디자인의 책. 그러나 나의 많은 재화가 거기에 담겨 있었다.

한 개의 명제가 나의 낮과 밤을 온통 물들였었다. 이해를 위해 얼마나 많은 길을 갔다가 되돌아오곤 했는가. 이마에 손을 짚고 생각에 잠기기도 했었고 뒷짐을 진 채로 도서관 복도를 이리저리 왕복하곤 했었다. 많은 날이 회색이었고 때때로 빛이 반짝였었다. 나는 그때 알게 되었다. 차가움과 뜨거움이 어떻게 하나인가를. 얼음과 불꽃이 사실은 단지 표면적인 문제라는 사실을. 차가움 가운데의 열정적인 삶에의 의지를, 인간에 대한 사랑을, 언어와 사유에 대한 사랑을, 지혜로운 사람의 헌신적인 자기 포기를.

누구도 도움을 줄 수 없었고 누구도 안내할 수 없었던 심오함과 까다로움. 나의 젊은 시절은 그 꿈으로 메워져 있었다. 나는 심지어 이 대학 저 대학의 교수들에게 그의 몇 개의 명제에 대한 이해를 구하는 글을 팩시밀리로 보내곤 했었다. 헛된 기대. 단 두 명에게서만 답신을 받았다. 유감스럽지만 귀하 스스로가 탐구해야 할 것 같다는.

내가 독서를 싫어하는 것일까? 그렇지는 않은 것 같다. 단지 어떤 책이냐의 문제인 것 같다. 바흐를 들으면서 타르티니에 감동하기는 어렵다. 캐비어를 즐기는 사람이 동태 알을 즐기지는 못할 것 같다. 단지 이것이었다. 다른 책에서는 이러한 도취적인 행복을 느끼지 못했다. 금을 얻을 수 있는데 소금을 지고 갈 이유가 어디에 있는가?

고전을 읽었다면 다른 책을 읽을 필요가 없다. 또한, 수없이 많은 책을 읽었다 해도 고전을 읽지 않았다면 독서를 하지 않았다. 나는 학생들의 도서 추천 요구를 받으면 머뭇거리며 답한다. 플라톤으로 시작해서 비트겐슈타인으로 끝나는 과정을. 고전을 한 번만 읽을 수는 없다. 읽어나가는 과정 자체가 한 번의 독서는 아니다. 읽다가 다시 앞으로 돌아가서 새로 읽는 과정이 되풀이된다. 거기에 있는 지식은 집중력과 사유를 요구하는 경우가 많다.

진정한 지식과 즐거움이 쉽게 얻어질 리가 없다. 세상에 공짜는 없다. 비트겐슈타인의 논고를 열댓 번은 읽은 것 같다. 첫 번째 읽을 때에는 오랜 시간이 걸렸다. 몇 개월 정도의. 두 번째에는 한 달 정도 걸렸던 것 같다. 그 이후에는 두 주 정도. 그리고 일곱, 여덟 번째에는 며칠 정도가 걸렸다. 열댓 번 읽었지만 지금도 때때로 읽는다. 결국은 다 외울 때까지 읽게 될 거 같다. 새로운 책을 읽는 것보다 과거의 책을 다시 보는 것이 즐겁다. 행복은 거기에 있다.

나는 새롭게 쏟아져 나오는 책에서 얻을 수 있는 지식이나 즐거움을 놓치고 있을 것이다. 어찌하겠는가. 요새 책들에서 즐거움을 느끼지 못하고 있으니. 너무 빨해서 헛웃음이 나온다. 이런 글이 책이 될 수 있구먼. 책 쓰는 거 일도 아니네. 이런 헛소리를 마음껏 하는 사람들은 도대체 누구야. 학생들은 말한다.

"우리도 고전을 읽고 있습니다. 너무 어렵습니다. 다가갈 방법이 없습니다."

방법이 없을까? 어렵긴 하다. 방법이 없지는 않다. 지금은 구글에서 많은 정보를 제공하고 있다. 거기에서 책 전체에 대한 개요와 주석을 얻을 수 있다. 또한, 그 분야의 전문가에게 도움을 요청할 수도 있다. 물론 개인적 노력도 동반되어야 한다. 끈기와 집중력과 시간이 요구된다. 큰 즐거움을 얻기 위하여서는 큰 희생을 치러야 한다. 멋진 골퍼가 되기 위해 얼마나 많은 정성과 노력과 정열이 요구되는가? 내 경험에 비추어 자신 있게 말할 수 있다. 고전은 무엇보다도 삶을 풍요롭게 한다고. 고전에 집중하는 독서 취미는 사실 독서를 위한 독서는 아니다. 그것은 삶을 위한 독서이다. 그때 독서는 어떤 취미도 능가하는 즐거움을 준다. 삶에의 수단으로서의 독서이기 때문이다. 삶처럼 잘 보살펴야 하고 삶처럼 열에 들떠야 하는 것이 어디에 있는가? 광적인 삶이다. 삶을 사랑하고 삶에 도취하고 삶에 중독된다.

내게 독서 취미가 없는 것은 확실하다. 그러나 삶에의 취미가 있는 것은 확실하다. 삶의 취미 역시도 중독의 여러 부작용을 남김없이 가진다. 어쩌면 더 치명적인 부작용이다. 실천적 일에서의 무능성, 얼빠진 초조감, 다른 일에 대한 무력감, 비사회성 등. 그래도 그럭저럭 이 나이까지 살아왔다. 늙어가고 있다는 사실을 몰랐고 지금도 모른다. 삶 자체를 살기 바빠서. 아마도 죽어서 말할 것이다.

"제길, 죽는 줄도 모르고 죽었네."